LA PRINCESSE
ET LE PRÉSIDENT

VALÉRY GISCARD D'ESTAING
de l'Académie française

LA PRINCESSE ET LE PRÉSIDENT

ROMAN

Éditions de Fallois / XO Éditions

ISBN 978-2-87706-706-5

Promesse tenue…

I

L'AMOUR ANGLAIS

« I love you ! I Love you... »

Le Président de la République française, Jacques-Henri Lambertye, est au téléphone. Il est assis à son bureau, une table en acajou avec sur les côtés des médaillons de bronze doré. Son buste est penché vers l'avant et il parle, les bras appuyés sur les coudes, les deux mains plaquées sur les oreilles, y compris celle qui tient le combiné. Il est totalement coupé des sons du monde extérieur.

« I love you ! »

Je suis paniquée. Je me trouve empêtrée dans les rideaux de velours beige qui séparent la double porte du secrétariat et celle du bureau du Président pour étouffer les bruits. J'avais frappé avant d'entrer, sans doute trop faiblement, mais j'étais gênée par le dossier que je tenais sous le bras. J'ai entendu un murmure, que j'ai interprété comme une approbation, alors qu'il s'agissait d'une conversation au téléphone, et je me suis avancée en écartant les rideaux.

Le Président me tourne le dos, car la porte s'ouvre

derrière son bureau, sur la droite. Il continue de parler. Si j'essaie de me retirer, il entendra sans doute du bruit, et il pensera que je suis venue l'écouter. Il interrogera sa secrétaire. L'instinct décide pour moi. J'avance en me frottant contre les rideaux, dont les anneaux se mettent à tinter.

Le Président entend le bruit, se retourne et m'aperçoit. Sa main gauche a déjà raccroché l'écouteur. Il me regarde, et comme il reste toujours maître de lui, il ne montre aucun indice qui ferait penser que j'aie pu surprendre ses propos, juste un léger tremblement de sa main encore posée sur le téléphone. Un court instant d'attente, puis : « C'est vous, Anne, me dit-il. Entrez ! Que venez-vous m'apporter ?

— Madame Burgenne m'a indiqué que vous souhaitiez disposer du dossier de presse du Conseil européen avant votre départ pour Bruxelles, pour le regarder pendant le trajet. Le voici », dis-je, et je m'approche pour lui tendre une chemise de carton vert.

Il la prend, et je vois qu'il m'observe.

« Je vous remercie, me répond-il. Je vais me rendre en effet à Bruxelles par le train. C'est ce qu'il y a de plus simple et de plus rapide. Au revoir. »

Rien dans son regard ne décèle le fait qu'il pense que je l'ai entendu parler au téléphone. Peut-être imagine-t-il que la protection de ses mains a suffi à étouffer les sons ?

Mais moi je l'ai entendu, et je sais que le Président Lambertye est amoureux, et que son amour est de langue anglaise.

★

Je m'appelle Anne Denîmes, mais plutôt Anne tout court pour mon activité au secrétariat général de la Présidence. Il sera facile de me retrouver, car j'ai travaillé pendant cinq ans à l'Élysée, au service de presse du Président Jacques-Henri Lambertye. J'étais chargée des relations avec la presse étrangère, particulièrement anglo-saxonne. Je mesure un mètre soixante-huit, j'ai des cheveux blond doré, coupés plutôt court. Je préfère porter des jupes que des pantalons, car je crois que mes jambes sont intéressantes. Les photos des magazines vous diront le reste.

C'est Roger Thérond, le directeur de Paris-Match, *où j'avais été employée comme journaliste pendant deux ans, qui m'a recommandée. Il était l'ami du Président, et celui-ci recherchait, paraît-il, une assistante maîtrisant parfaitement l'anglais. Je répondais à ce critère, puisque ma mère est américaine, originaire de Virginie de l'Ouest. Aussi Roger Thérond lui a-t-il conseillé : « Vous devriez convoquer ma collaboratrice Anne Denîmes. Je crois qu'elle pourrait vous rendre service. » Mon travail consistait à préparer tous les matins une revue de presse des journaux anglo-saxons. Le Président demandait qu'elle soit courte, quatre ou cinq pages tout au plus, et qu'elle porte exclusivement sur les titres et les éditoriaux. Pour les informations, il se fiait à la presse française. Et je suis également responsable de la préparation des interviews que le Président accepte de donner aux journaux anglais et américains, ce qui est plutôt rare.*

J'aimais travailler avec le Président, ou plus exactement travailler pour lui. Je le voyais assez rarement, à l'occasion d'une de ces interviews, ou pour lui apporter une information qu'il me demandait, cela environ une fois par semaine, mais je sentais un bien-être quand il me recevait, car c'est un homme doux, malgré son apparence un peu rigide. On sent qu'il cherche à se protéger.

Je ne vais pas le décrire, car tout le monde le connaît. Je dirai seulement qu'il est plus grand qu'on ne le croirait en regardant ses images, qu'il n'a aucune boule de graisse autour de la taille ou sur l'estomac, et qu'il s'habille avec soin, d'une manière un peu trop classique, anglo-italienne, mais qui me plaît. Il ajoute quelques détails, des revers sur ses poches, le quatrième bouton déboutonné à l'extrémité des manches de son veston, car il n'est pas indifférent aux tendances de la mode du moment. Je le trouve séduisant.

J'aurais aimé qu'il s'intéressât à moi comme femme, qu'il me manifeste une curiosité, presque un désir. J'ai vingt-huit ans et ma silhouette est assez bien tournée. Il me semble que j'en vaux la peine !

Mes collègues féminines du secrétariat de l'Élysée ont perçu cet attrait, et il les agace, car elles y voient une manœuvre pour « consolider mon influence ». Mon influence n'est nullement menacée, et en tout cas pas par le savoir linguistique de mes rivales ! C'est tout simplement que j'ai un point chaud pour lui dans mon cœur.

Précisément, lors des chaleurs caniculaires d'un été, je lui ai apporté dans son bureau un exemplaire du Wall Street Journal *où l'on parlait de lui, et qu'il m'avait fait demander. Il s'est assis sur un canapé pour le lire, et m'a invitée à m'installer dans un fauteuil en face de lui. Il relevait la tête de temps en temps, comme pour réfléchir. J'ai senti qu'il commençait à me regarder. Je portais un T-shirt blanc qui s'arrêtait au ras du cou, et une jupe de lin beige, que la chaleur avait froissée. Mes épaules et mes genoux étaient bronzés à cause de mes séances d'entraînement à la piscine. J'ai croisé les jambes et j'ai senti dans l'air un fourmillement électrique, et la présence, semblable à une odeur, de minuscules corpuscules chimiques. J'ai attendu que sa main vienne à ma rencontre, mais rien ne s'est passé. Son regard s'est attardé sur moi, puis il s'est replongé dans sa lecture. Cette semi-découverte ne s'est pas répétée depuis.*

Il faut dire qu'après la mort de son épouse, la fine et discrète Monique, foudroyée par un cancer il y a quatre ans, il a traversé une longue période de détresse. Je ne l'ai jamais entendu en parler, mais j'observais dans ses yeux un phénomène étrange. Lorsqu'il vous regardait on repérait bien une lueur précise à la surface du globe des yeux, qui exprimait l'intérêt ou la curiosité, mais on apercevait, ou croyait apercevoir, derrière elle, comme une sorte de deuxième paupière, opaque, de couleur crème, qui coupait toute relation avec sa sensibilité intérieure.

Sa vitalité est revenue. Son regard ne porte plus

d'arrière-plan. Il se plonge dans les activités de son second mandat, qui lui a été renouvelé l'an dernier avec plus de cinquante-six pour cent des voix, après que son adversaire d'extrême gauche eut mené contre lui une campagne que j'ai jugée à la fois hargneuse et vide de projets.

Je vais lui laisser la parole pour qu'il raconte lui-même l'histoire de sa passion partagée avec la Princesse de Cardiff, qui porte le titre d'une ville située dans le Pays de Galles. J'en ai été un témoin privilégié, puisque ma fonction m'a fait assister à leurs premières rencontres. Puis j'ai suivi les événements de plus loin, notamment dans la presse, mais surtout sous la forme des mille signaux, des rides, des plis de la peau, des frémissements comme on les aperçoit sur le cou des chevaux, de tous ces signes que je relevais sur le visage du Président Lambertye, et parfois même des mots qui lui ont échappé.

On dit souvent que les écrivains, même les plus connus, font écrire des passages de leurs livres par d'autres. Pour moi, c'est plutôt le cas inverse : j'écris ce livre parce qu'un autre ne l'écrit pas. J'ai attendu de savoir si le Président Lambertye raconterait quelque chose à ce sujet. Rien n'est venu. Depuis la fin de son second mandat il vit avec la Princesse dans le sud de la Toscane. Il donne quelques conférences aux États-Unis et au Québec, et prépare, paraît-il, une biographie détaillée de Michel-Ange, pour remplacer celle d'Irving Stone qu'il juge trop romancée.

Comment, me direz-vous, puis-je parler à sa place,

et reproduire des dialogues que je n'ai pas entendus ? D'abord j'en ai écouté quelques-uns, et j'ai reconstruit les autres à partir de ce que je connais du Président Lambertye. Quand vous avez beaucoup observé quelqu'un, vous pouvez presque – presque ! – parler comme il l'aurait fait, et je me suis aidée, à propos des activités du Président, des notes qu'il m'a remises lorsque je lui ai rendu visite en Toscane. Quant à vous, lecteur, vous vous y retrouverez facilement : lorsqu'il s'agit du texte que j'ai écrit, il est imprimé en italique ; quand le récit est celui de Jacques-Henri Lambertye, les caractères sont droits.

J'ai donné mon manuscrit à lire à mon compagnon, Bill, qui étudie la littérature et la poésie françaises du seizième siècle aux Hautes Études de la Sorbonne, après avoir obtenu un diplôme de littérature comparée à Princeton. Il l'a parcouru en deux heures, puis l'a posé sur la table basse de notre petit appartement, dans le cinquième arrondissement. Il l'a installé à l'envers, les pages écartées, pratique que je déteste car elle déchire le dos de la reliure, et il m'a dit :

« Pourquoi t'es-tu fatiguée à écrire cela ? Ce n'est pas intéressant. Tout le monde connaît cette histoire ! »

La vérité est que je l'ai écrite par reconnaissance, pour remercier Jacques-Henri Lambertye de ces rares secondes, maintenant éloignées, chargées d'électricité et de corpuscules chimiques, ce moment dont il ne se souvient pas, et où j'ai observé, ressenti, entendu, le glaive de l'amour absolu tournoyer dans un sifflement au-dessus de nos têtes.

II

LA RENCONTRE

La première fois que j'ai aperçu la Princesse de Cardiff, c'était dans l'antichambre du Palais de Buckingham, où j'attendais d'être reçu par la Reine d'Angleterre. J'étais entré dans le palais par la cour dallée, en franchissant la grille derrière laquelle se pressent les touristes pour assister à la relève de la Garde.

Un huissier a ouvert la portière de ma voiture, et m'a conduit dans l'entrée du palais, en direction d'un ascenseur, où m'attendait un second huissier. Celui-ci a mis en marche la cabine vitrée jusqu'au premier étage. Il m'a demandé d'attendre un court instant que le secrétaire privé de la Reine vienne me chercher pour m'introduire dans son salon.

L'antichambre, toute en longueur, était parcimonieusement éclairée par des appliques murales de bronze. Une jeune femme l'a traversée en diagonale, d'une porte à une autre. Elle était grande, élancée, vêtue d'un tailleur blanc. Elle ne m'a pas jeté un regard. À l'évidence, elle ne m'avait pas reconnu.

J'ai suivi des yeux sa démarche, et il m'a semblé que c'était la Princesse de Cardiff dont j'avais vu, comme tout le monde, des dizaines de photos dans les magazines, notamment à l'occasion de son mariage avec le Prince héritier. Je ne suis pas certain que c'était elle, mais cette image, qui remonte pourtant à deux ou trois ans, est restée gravée dans ma mémoire.

Je suis revenu à Londres, voici deux jours, pour une réunion du G7, le groupe des sept pays les plus industrialisés de la planète, qu'un de mes prédécesseurs avait invités pour la première fois en 1975, au château de Rambouillet.

Cette fois, c'était au tour de la Grande-Bretagne de présider nos débats. Nous sommes arrivés dans la capitale britannique pour une session de deux jours dont le sujet principal était la limitation des importations de pétrole. Le débat a été très serré, et à vrai dire très ennuyeux, car chacun consultait les chiffres de ses dossiers. Nous étions divisés en deux groupes : d'un côté le Président américain, Jim Hopkins, et moi-même, partisans d'une position restrictive, et de l'autre nos partenaires allemand et japonais qui cherchaient à éviter des contraintes trop sévères pour l'alimentation de leurs industries.

La Reine Victoria II avait décidé de donner un dîner au Palais de Buckingham en l'honneur des participants à la conférence. Le carton d'invitation précisait « 20 heures », et indiquait comme tenue « robe longue et cravate noire », ce qui signifiait que je devais porter un smoking. Je suis passé en courant par la résidence de l'ambassadeur pour me changer, et nous voici au palais. C'est l'ambassadeur de France qui m'accompagne, car depuis la disparition de Monique, je me rends seul à cette sorte d'invitation.

Lorsque nous sommes entrés dans la salle à manger, où la longue table était illuminée par une succession de flambeaux de bronze doré, deux valets de pied – j'ignore si ce terme existe encore ! – ont remis à chaque invité un carton bordé d'un filet d'or lui indiquant sa place.

J'étais assis à la droite de la Reine, non sans quelque embarras : le Président Hopkins est mon aîné, et son pays, quoi que nous en pensions, est plus important que le nôtre, mais le protocole dicte ses règles ! Il vous place selon l'ancienneté de la fonction, or j'avais été élu avant lui. C'est ce qui explique que les photos des obsèques officielles montrent les premiers rangs encombrés par les souverains de principautés minuscules, derrière lesquels on aperçoit les visages compassés des grands de ce monde.

J'ai cherché à déchiffrer le carton de ma voisine de droite, mais à cause de ma myopie, j'ai eu du mal à le lire. Cet effort était inutile, car elle est arrivée au même moment. C'était la Princesse de Cardiff, et c'est bien elle, me dis-je, l'inconnue de l'antichambre du Palais de Buckingham. J'étais debout et je me suis retourné pour l'accueillir. Elle est éclatante et me paraît plus grande que l'image que j'en avais gardée. Peut-être porte-t-elle des talons ? Ses yeux sont bleus, d'une couleur qui varie avec l'éclairage. À cet instant, un bleu sombre, de fond de mer. Elle rassemble les plis de sa robe pour s'asseoir, une robe en soie blanche décolletée, qui découvre largement son dos. Sa coupe ne met pas en péril la suprématie de la couture parisienne : la jupe part en ligne oblique vers l'arrière depuis la taille jusqu'au sol.

La Princesse s'est assise sur la chaise en bois doré, à galette de velours cramoisi, située à côté de la mienne, et a posé sur la table, près de l'alignement de verres de cristal qui attendent les vins du dîner, un petit sac enserré dans une cotte de mailles argentée. Je lui ai baisé la main, et elle m'a interrogé, ses yeux, maintenant ardoise, agrandis dans son visage, qu'elle tient incliné en avant, son menton venant presque toucher son épaule :

« Vous êtes le Président français, je crois ? » me demande-t-elle.

Je parcours rapidement du regard la file des invités en train de déplier leurs serviettes.

« Oui, je crois, lui dis-je, en paraissant m'amuser de sa question.

— Je ne parle pas bien le français, poursuit-elle. Je l'avais pourtant étudié à l'école, et j'ai poursuivi à l'université. Mais je ne l'ai pas beaucoup pratiqué depuis. Could we speak English ?

— Je n'ai pas appris l'anglais à l'université, lui dis-je, mais je l'ai un peu pratiqué depuis ! Il faudra que vous me pardonniez mes fautes de langage ! »

Et nous nous exprimons maintenant en anglais.

« Je vous pardonnerai vos fautes de langage, et aussi vos autres défauts, me dit-elle. Il paraît que vous en avez plusieurs. C'est ce que j'ai lu dans les journaux. Il est vrai que ce sont des journaux britanniques ! »

Et elle se met à rire, les lèvres ouvertes, avec une interrogation amusée et légèrement ironique dessinée sur son visage tourné vers moi. Le bleu des yeux s'éclaircit.

« Vous ne me répondez pas ? me demande-t-elle.

— C'est inutile : vous avez l'air de bien me connaître, lui dis-je.

— Je vous pardonnerai vos défauts, si vous n'allez pas trop loin ! » Sa peau est si lumineuse qu'elle absorbe les reflets des bougies. Elle est infiniment plus belle, avec son visage animé, que sur ses photos. La presse ne lui rend que partiellement justice.

Elle m'observe avec un peu d'application.

« Vous avez l'air très français, reprend-elle, mais plus sérieux que la moyenne… »

Là, je ris franchement, le cou serré dans l'amidon de mon col.

« C'est heureux, lui dis-je, mais peut-être est-ce dû à ce que je cache mieux mon jeu ! »

Elle n'ajoute rien, le regard toujours interrogatif. L'arrivée de la file des maîtres d'hôtel portant le premier plat, une sorte de pâté de foie gras en croûte servi sur de larges assiettes d'argent, interrompt notre badinage.

La Reine Victoria II s'est tournée vers son voisin de droite, c'est-à-dire moi. J'abandonne à regret mon tête-à-tête avec la Princesse. Le visage de la Reine est très poudré, comme souvent. Cette pratique la revêt d'une carapace de blancheur appliquée sur le rose pâle de sa peau. Elle porte un collier d'émeraudes de dimensions impressionnantes, sans doute venues tout droit des Indes. Son expression est bienveillante, naturellement bienveillante, mais certains traits tirés à l'angle des yeux et près des lèvres traduisent des insatisfactions ou des déceptions. Cette bienveillance fait aussi partie de son devoir d'État, j'allais dire de ses corvées. Je ne voudrais pas en abuser. Elle la manifeste en m'interrogeant :

« Attendez-vous des résultats importants de votre rencontre ? Allez-vous pouvoir vous mettre d'accord ? » me demande-t-elle.

Elle parle un français parfait. On y chercherait vainement la moindre trace d'accent.

« J'espère bien, lui dis-je. Si nous n'y parvenons pas, les prix du pétrole vont continuer à monter, et nous risquons de connaître une récession plus sévère. Ce problème concerne moins la Grande-Bretagne, qui dispose des gisements de la mer du Nord. »

Elle m'approuve d'un hochement de tête, et continue à me poser ces questions convenues, que n'inspire aucune curiosité véritable, mais plutôt une forme de politesse interrogative, questions auxquelles j'apporte des réponses dépourvues de substance, semblables à ces balles molles que les joueurs de tennis échangent avant d'engager leur match.

Nos assiettes ont été enlevées, et remplacées par un service à bordure verte, qui me paraît sorti de notre manufacture de Sèvres. Je suis tenté de retourner la mienne pour le vérifier, mais impossible ! car la Reine me regarde encore.

Je change de voisine, suivant l'usage britannique, pour reprendre ma conversation avec la Princesse. Celle-ci me tourne le dos, engagée encore dans une discussion avec son autre voisin, le Président du Conseil italien. Il me semble qu'ils parlent en anglais, elle en tout cas, lui émettant une succession de vrombissements saccadés.

Je détaille à mon aise le cou, et l'épaule de la Princesse. Sa peau est lisse et semble douce au toucher. Le bras que j'aperçois a une ligne étirée, et il porte, lorsqu'il bouge, les ombres souples de muscles de cavalière. Peut-être se rétrécit-il au moment de rejoindre l'épaule, à la différence du canon des statues grecques ?

Pendant les quelques secondes où je poursuis cet examen, je suis saisi par une impression : ce bras nu, entièrement nu, à si courte distance, une distance de toucher, crée une relation d'extraordinaire intimité. Je pense à l'exaltation de Julien Sorel, dans *Le Rouge et le Noir*, lorsqu'il aperçoit, tout près du sien, le bras de Madame de Rênal dont il a décidé de saisir la main.

La Princesse met fin à cette divagation littéraire, en se retournant sur sa chaise. Elle a abandonné son interlocuteur italien, et j'oublie son bras pour regarder ses yeux et sa bouche fine. J'ai du mal à situer la taille normale d'une bouche, car celle-ci est souvent agrandie par le maquillage. Le dessin de la sienne, qui porte un rouge léger, est fin, tracé d'un seul trait.

« Êtes-vous satisfait, Monsieur le Président, de votre réunion du G7 ? » me demande-t-elle.

Je répète la réponse que j'ai faite à la Reine.

« Pourquoi, me dit-elle, n'avez-vous pas invité les pays les moins industrialisés ? Vous ne pensez pas qu'ils ont aussi leurs problèmes ?

— Cela ferait beaucoup de monde ! lui dis-je en me dérobant à la question.

— Alors, vous voulez décider à leur place ? » reprend-elle.

Elle commence à s'amuser, en cherchant à m'embarrasser. J'opte pour une réponse sérieuse.

« Nous décidons pour nous, pas pour les autres. Nous essayons de voir si nous pouvons nous mettre d'accord, et adopter une attitude commune vis-à-vis des grands problèmes qui se posent à nous, notamment notre approvisionnement en énergie.

— Mais si vous vous mettez d'accord entre les grands pays, cela entraîne inévitablement des conséquences pour les autres ! Vous pourriez peut-être penser à les consulter, au moins pour connaître leur avis. »

Maintenant elle est complètement tournée vers moi. Sa main gauche est posée sur la nappe. La fougue de son discours m'intrigue. Évidemment c'est un jeu, et je vois qu'elle s'amuse à me contredire, mais j'y sens aussi autre chose, comme l'affleurement de convictions moins conventionnelles, qui la portent du côté des personnes ou des pays désavantagés, ou ignorés. De ceux qui sont maltraités. Existe-t-il chez elle, dans cette beauté et cette luminosité exceptionnelles, une fêlure de désillusion ?

Le dîner se termine par l'obligatoire échange de toasts. La Reine Victoria II chausse une paire de lunettes qui fait un contraste bizarre avec son diadème. Elle lit d'une voix scrupuleuse et bien rythmée un texte préparé par son secrétariat : vœux chaleureux de réussite, et contribution à l'écologie et à l'évolution pacifique de la planète.

Bien que la responsabilité de lui répondre me revienne, j'ai réussi à m'en défausser en invoquant ma pratique insuffisante de l'anglais, et l'antériorité d'âge du Président Hopkins. Celui-ci, qui s'est levé, balbutie de bonheur à la pensée de s'adresser directement à la Reine. Il me donne l'impression de tournoyer sur lui-même comme un derviche en s'adressant successivement aux deux bouts de table, et évoque avec l'accent du sud des États-Unis « le plus beau jour de sa vie », celui où il prend la parole au Palais de Buckingham : il y voit un signe favorable de la Providence pour la conclusion de notre réunion. On ne saurait mieux traduire nos sentiments ! Les applaudissements, cependant – mais il s'agit d'un public blasé –, restent polis.

Il y a quelques minutes déjà que des rythmes sonores ont éveillé mon attention. On dirait qu'il s'agit de danses folkloriques, ou de marches militaires.

Nous nous levons de table, dans un brouhaha de centaines de chaises, pour aller prendre le café dans une galerie voisine qui longe l'arrière du palais, en face du parc. Les fenêtres sont grandes ouvertes, et je comprends d'où viennent les sons : ce sont bien des marches militaires qui montent du jardin, où se déroule la parade des régiments de la Garde.

Les invités s'avancent en direction des fenêtres et s'installent, appuyés sur leurs rebords. Je peux voir au-dessous de nous le carrousel parfait des unités. Elles avancent d'un pas mécanique, les officiers en tête portant leur épée verticale, puis les rangs des soldats tirés au cordeau, dans leurs vestes rouges, qui balancent leurs bras gauches tenus rigides, prolongés par leurs mains étirées jusqu'au bout des doigts dans leurs gants blancs.

Arrivés au bout du terrain, ils font demi-tour, sur un commandement strident, et partent en sens inverse. Ils croisent, sans que leurs rangs se mêlent, les soldats d'un autre bataillon. Ce mécanisme d'horlogerie est scandé par deux orchestres, qui alternent des airs de marche, au son des tambours et des cornemuses. C'est un spectacle qui atteint la perfection de son genre, dans cette soirée tiède de printemps, où les feuilles vert velours des arbres sont éclairées par des projecteurs placés à leurs pieds. Les invités, enchantés, s'attardent sur l'appui des fenêtres, certains gardant à la main leur tasse de café.

Je m'approche du maître d'hôtel qui m'a servi, pour le remercier, mais mon geste l'embarrasse, car il peine à retirer ses gants. « J'ai été très honoré de vous connaître, me dit-il en français avec un accent pierreux.

— Vous êtes français ?

— Non, je suis portugais, mais j'ai travaillé à Paris. D'ailleurs j'habitais près de chez vous, mais je n'ai jamais eu la chance de vous rencontrer. »

Je réussis à lui serrer la main, avant qu'il ne renfile ses gants de coton blanc.

Dans l'ouverture de la fenêtre du milieu, j'aperçois de dos la Princesse de Cardiff et le Président du Conseil italien. Celui-ci se redresse, et paraît prendre congé. Je fais deux pas en avant pour entrer dans le champ de vision de la Princesse. La place est maintenant vide à côté d'elle, et elle me fait signe de me rapprocher.

« Vous aimez cette parade ? me demande-t-elle, pendant que je m'appuie sur le rebord du balcon.

— Oui, beaucoup, parce qu'elle est parfaite ! J'ai rarement vu une telle précision. Cela doit exiger énormément d'entraînement.

— Ils y passent beaucoup de temps, poursuit la Princesse, mais ils peuvent se le permettre, parce qu'ils ont du temps libre quand ils ne font pas la guerre ! »

Pendant qu'elle me parle, la Princesse s'est légèrement déplacée vers moi. La fenêtre est large, et pourtant je sens son bras s'appuyer contre le mien. Peut-être est-ce seulement une impression ? De crainte de rompre le charme, je reste immobile, maladroitement rigide.

La parade se poursuit, inexorablement précise, les rangs se coupent maintenant à angle droit, et la musique entame un air plus solennel.

« C'est la marche de la Garde, me dit la Princesse. Notre musique militaire est très différente de la vôtre ! »

Oui, très différente. Mais quelle importance ? Son bras est toujours appuyé contre le mien, et j'esquisse une sorte de pression. Elle peut y percevoir un mouvement naturel, un simple déplacement, ou une réponse à son geste. Que ressent-elle ? De mon côté, je guette la plus légère réaction de sa part.

Elle se tourne vers moi.

« Je vois que vous goûtez notre musique », me dit-elle, avec un sourire complètement détendu, aussi difficile à déchiffrer que l'enlacement impalpable de nos bras.

Derrière nous un brouhaha s'élève : c'est la Reine qui se prépare à rentrer dans son appartement. Le Président des États-Unis, les Premiers ministres s'empressent pour la saluer. Il me semble entrevoir sur le visage de Victoria II une expression de soulagement.

Il faut que j'aille à mon tour prendre congé d'elle. L'ambassadeur m'attend dans l'embrasure de la porte.

Au moment où je vais m'éloigner de la Princesse de Cardiff, et où mes yeux croisent une dernière fois son regard, celle-ci élève la voix et me donne un conseil :

« Vous devriez venir plus souvent à Londres. Il y a beaucoup de gens intéressants à y rencontrer ! »

Et elle s'éloigne à son tour pour rejoindre le petit groupe qui accompagne le départ de la Reine.

III

LE 6 JUIN

Le Président Lambertye a convoqué ses conseillers pour préparer la commémoration du Débarquement allié du 6 juin 1944. Il nous a fait venir dans le bureau du premier étage, celui qu'occupait le Général de Gaulle, qu'il n'utilise pas pour lui-même, mais qui sert à des réunions comme celle-ci.

Il est assis sur le grand canapé qui est adossé au mur sous la tapisserie, et nous occupons les fauteuils placés en demi-cercle devant lui. Le secrétaire général de la Présidence s'est placé au milieu. Sur sa gauche se trouvent le conseiller diplomatique, puis le chef du Protocole et son adjoint, et, sur sa droite, le chef du service de presse, Michel Rizzo, et moi-même.

Le secrétaire général, toujours un peu acerbe, exprime son étonnement :

« Je ne vois pas pourquoi, Monsieur le Président, nous allons commémorer le quarantième anniversaire du Débarquement. Le chiffre quarante n'a aucune valeur symbolique. Il vaudrait mieux attendre le cinquantenaire ! »

Le Président Lambertye paraît très détendu. Il a l'air de s'amuser. Ce sujet lui est visiblement indifférent. Il doit avoir d'autres préoccupations en tête.

Il réplique :

« Le chiffre de la quarantaine, Monsieur le Secrétaire général, n'a pas de valeur symbolique à vos yeux. Je crois me souvenir que Balzac en faisait une échéance importante de la vie ! Mais pour le cinquantenaire, il faudrait attendre dix ans. Nous ne serons plus ici ! En tout cas, pas moi », ajoute-t-il avec un sourire, en nous englobant d'un coup d'œil circulaire comme s'il cherchait à identifier ceux d'entre nous qui accepteront de travailler avec son successeur. « Vous avez raison de dire que ce n'est pas un grand anniversaire. Mais le Président des États-Unis insiste pour venir. Il a perdu son frère cadet qu'il aimait beaucoup dans les combats du Débarquement, et il y fait souvent allusion.

« Comment voyez-vous le déroulement de la journée ? » demande-t-il au chef du Protocole.

Interruption du conseiller diplomatique, Jean-Louis Lévesque, aux yeux pâles et au visage acéré :

« Je confirme ce que vous venez de dire. L'ambassadeur des États-Unis m'a encore appelé ce matin, pour souligner l'insistance du Président Hopkins. Il en fait une question personnelle. »

Le chef du Protocole répond à la question :

« Si vous souhaitez garder à la cérémonie un caractère de simplicité, le mieux serait de l'organiser avec les militaires. Cela pourrait se faire en trois temps : vous vous rendriez avec le Président Hopkins sur la plage

du Débarquement, là où son frère a été tué. Nous recherchons l'emplacement exact. Puis vous iriez visiter un des cimetières militaires américains. Et de là, vous gagneriez Bayeux. Les honneurs militaires vous seraient rendus sur la place centrale, où le Président Hopkins et vous-même prononceriez vos allocutions. L'ensemble de ces manifestations prendrait la matinée, et vous pourriez repartir pour Paris, où vous devez rallumer la flamme de l'Arc de Triomphe à seize heures avec le Président des États-Unis.

— Et que ferons-nous avec les Britanniques ? interroge le Président Lambertye.

— Nous les avons associés à la préparation depuis le début, répond le secrétaire général. Mais nous envisageons de nous concentrer, pour cette fois, sur les plages où ont débarqué les unités américaines, Omaha Beach en particulier. Les autorités britanniques seront présentes partout.

— Qui représentera la Grande-Bretagne ? » demande le Président.

Sans que je me l'explique, il m'a semblé discerner quelque chose qui sonne faux dans son ton de voix.

« Nous avons des difficultés concernant la présence de la Reine, poursuit le secrétaire général. La Reine Victoria II souhaiterait être présente. Mais le gouvernement britannique a prévu, à la même période, des fêtes commémorant l'indépendance de plusieurs États de l'Afrique de l'Est. Il semble difficile de les déplacer sans heurter les susceptibilités locales. Nous attendons toujours la réponse.

— Comment nous déplacerons-nous entre Paris et la Normandie ? interroge encore le Président.

— Pour être à l'heure le matin, la seule possibilité est l'avion, répond le chef du Protocole. Vous vous poseriez à l'aéroport de Caen, où vous attendriez l'arrivée du Président Hopkins. Et le départ se ferait de la même manière, pour arriver à l'Élysée vers quatorze heures trente.

— D'accord pour le trajet d'aller en avion, indique le Président. Mais pourquoi ne pas utiliser le train au retour ? Je trouve désobligeant pour les personnels de la SNCF de ne jamais utiliser leurs moyens de transport. Combien de temps faudrait-il pour effectuer le trajet ?

— Un peu moins de deux heures, précise le chef du Protocole, et cela nous permettrait d'arriver gare Saint-Lazare, à dix minutes de l'Élysée et de l'ambassade des États-Unis.

— Eh bien, c'est dit ! Nous reviendrons par le train, et nous déjeunerons pendant le trajet », décide le Président. Et il se tourne vers le chef du service de presse : « Voyez-vous des difficultés particulières ?

— Non, Monsieur le Président, rien de spécial. Il y aura une large couverture médiatique, surtout américaine. On peut prévoir plusieurs centaines de journalistes.

— Le public pourra-t-il assister à l'ensemble des manifestations ?

— Non, Monsieur le Président, nous pensons, comme nos interlocuteurs américains, qu'il faut éviter de donner l'apparence d'un spectacle ou d'une mise en

scène à la visite de la plage du Débarquement, et au cimetière. Vous vous y rendriez seuls, avec vos aides de camp, et pour le Président des États-Unis, les agents de sécurité dont il ne se sépare jamais. Concernant les journalistes, nous organiserions un pool d'images pour la plage et le cimetière, une vingtaine de personnes tout au plus, qui seraient installées avant votre arrivée, et qui ne devraient pas se déplacer. Par contre, à Bayeux, le public serait admis sur la grand-place, et il y aurait un podium pour la presse.

— Tout cela paraît raisonnable, dit le Président après un temps de réflexion, mais cela risque de faire beaucoup de mécontents qui seront frustrés de ne pas pouvoir assister à l'ensemble des cérémonies. Il faut en tout cas ouvrir largement au public la manifestation de Bayeux... À propos, comment réagit la presse anglo-saxonne ? interroge-t-il, et il se tourne vers moi, assise sur le dernier fauteuil.

— La presse américaine s'intéresse beaucoup à ce voyage à cause du contenu émotif pour le Président. La plupart des journaux ont publié des photos de son frère, en lycéen, ou en uniforme. Larry King a retrouvé le capitaine qui commandait l'unité où servait Patrick Hopkins et lui a consacré son émission. La presse britannique ne s'intéresse, elle, qu'à la question de la venue de la Reine. On assiste au début d'une polémique à ce sujet entre le milieu des anciens combattants et les partisans du Commonwealth. Pour le moment, il semble qu'elle se prépare à opter pour l'Afrique de l'Est.

— Et si la Reine ne vient pas, demande le Président au conseiller diplomatique, a-t-on une idée de la manière dont elle sera représentée ? Par le Prince de Galles, sans doute ?

— Non, pas par le Prince de Galles. Il est prévu qu'il accompagne la Reine dans son périple africain.

— Alors, qui ? Avez-vous lu quelque chose à ce sujet, Anne, dans la presse ?

— Oui, Monsieur le Président. Ce matin, le Daily Telegraph *fait état d'une rumeur selon laquelle la Reine Victoria pourrait être représentée par la Princesse de Cardiff.* »

⁂

Le déroulement des cérémonies a été parfait. Le temps était léger et frais, comme il l'était, je crois, le 6 juin 1944, avec une couverture de nuages, qui s'est dissipée. Quand nous sommes arrivés sur la plage, le Président Jim Hopkins et moi, le paysage était éclatant, l'horizon immense, la mer roulait des vagues vertes, et le vent s'est mis à souffler. Le Président Hopkins était très ému. Il ne m'a pas adressé la parole, et s'est arrêté sur le sable, le dos à la mer, dans le sens du Débarquement. Il a cherché des yeux sur la crête l'emplacement des blockhaus à partir desquels les Allemands tiraient au canon et à la mitrailleuse sur les premiers soldats qui avaient pris pied hors de l'eau. Sans doute sur son frère.

J'étais moi-même touché par l'extraordinaire

puissance d'évocation de cet endroit, comme si le Débarquement s'y était déroulé la veille.

Nous sommes repartis lentement, fouettés par le vent qui claquait dans nos imperméables, sans nous dire un mot. Une écume cristalline s'était formée autour des yeux du Président Hopkins. Les photographes le guettaient de loin.

Au cimetière, même émotion. Sur la croix de bois blanc, fraîchement repeinte, figurent le nom, le grade, l'unité, et la date de naissance de son frère. Je crois lire *1922*. Puis, en dessous, celle du décès : *6 juin 1944*. Il avait vingt-deux ans. À côté de cette croix, d'autres semblables, plusieurs centaines, alignées et muettes. On y a déposé des fleurs, non pas d'horribles couronnes, mais des bouquets rouges et bleus, qui tremblent dans le soleil. J'hésite à dire au Président Hopkins que je partage sa peine. Comment trouver les mots justes ? Comment pourraient-ils être à la hauteur de ce qu'il ressent ? Je préfère renoncer.

À Bayeux, la foule était nombreuse, gagnée, me semble-t-il, par l'émotion du Président Hopkins. Nos deux allocutions, heureusement brèves, ont été saluées par des ovations. La Princesse de Cardiff est venue nous rejoindre sur l'estrade. Elle portait un ensemble de toile blanche échancré sur un chemisier bleu marine. Quand elle est arrivée, un murmure, une rumeur, ont accompagné le roulement de sa voiture noire, dont nous n'apercevions que le toit. Puis, lorsqu'elle a parcouru l'espace dégagé devant la tribune, la foule a explosé en interjections, et en applaudissements joyeux. Beaucoup de spectateurs la montraient du doigt, comme s'il s'agissait de l'apparition d'une divinité soudain devenue visible.

Je me suis avancé et lui ai tendu la main pour l'aider à monter la dernière marche de l'escalier de bois.

« Bonjour, Monsieur le Président, je suis heureuse d'être ici et de vous revoir », m'a-t-elle dit en français.

Puis elle s'est approchée du Président Hopkins, qui lui a pris les deux mains. Elle l'a regardé dans les yeux, en lui disant en anglais :

« Je comprends votre grande émotion, Monsieur le Président. Cette visite doit être très éprouvante pour vous. Mais le sacrifice de votre frère et de tous ses camarades a sauvé notre liberté et dites-vous bien que chacun de nous leur en reste reconnaissant ! »

On n'aurait pas pu mieux traduire en mots ce que je ressentais.

Nous sommes repartis en cortège vers la gare de Bayeux. La SNCF avait réussi à dénicher un train qui devait avoir servi jadis pour les voyages officiels. Ses wagons étaient de couleur bleue, comme les wagons-lits. Nous nous sommes installés dans un wagon-salon, à côté de la voiture où se situaient les compartiments qui nous étaient réservés. Nous étions enfoncés dans de larges fauteuils quand le train a démarré. Une quinzaine de personnes en tout, la Princesse, le Président Hopkins et moi, les trois ministres des Affaires étrangères, les trois ministres de la Défense, les ambassadeurs des États-Unis et de Grande-Bretagne, le sénateur-maire de Caen, et les aides de camp des deux Présidents et de la Princesse. Celui de la Princesse, sanglé dans un uniforme noir, le buste en avant, empli de suffisance, tentait de se donner des airs de supériorité.

Nous échangions des propos aimables sur la cérémonie quand l'intendant de l'Élysée, transformé pour l'occasion en maître d'hôtel des wagons-lits, et qui avait revêtu une veste blanche au lieu de sa tenue noire, est venu nous annoncer que le déjeuner était servi. Il a fallu gagner le wagon suivant aménagé en salle de restaurant : une longue table, entourée de chaises capitonnées. L'intendant Fleuret avait fait merveille pour rendre accueillant ce décor vieillissant. La nappe de toile légère, ornée de broderies de feuillages verts, avait été apportée de l'Élysée, et des bouquets d'iris et de jacinthes étaient posés dans des coupes de porcelaine pour résister aux secousses du train. Le service des plats se déroulait derrière nous, en longeant les fenêtres.

Nous nous sommes assis, le Président Hopkins présidant la table avec moi. J'avais à ma gauche la Princesse de Cardiff et, à ma droite, le Secrétaire d'État des États-Unis. Les chaises étaient lourdes, sans doute pour amortir les chocs cadencés des rails, et serrées les unes contre les autres. Je me suis levé, et j'ai reculé la mienne pour permettre à la Princesse de Cardiff de s'asseoir. Elle m'en a remercié d'un de ses regards obliques qui me faisaient ressentir tout son charme.

Le repas a commencé pendant que nous regardions le paysage. Nous sommes sortis très vite de Bayeux. Nous voyions défiler la campagne normande, coupée de haies, avec ici et là des vergers de pommiers, aux troncs badigeonnés de blanc. Les hors-d'œuvre étaient servis. Je sentais à mon côté la présence de la Princesse de Cardiff – pour moi, Patricia – comme un rayonnement lumineux, étroitement proche, que je n'osais pas déranger par mes mouvements. Au-dessus de son tailleur blanc, j'apercevais son visage de profil, et, pendant de son oreille, une boucle de pierres de couleurs.

Le roulement du train était devenu si régulier qu'il me semblait, par un curieux effet d'optique, que notre convoi était immobile, et que c'était le paysage normand qui défilait, comme un film d'images, au-delà des vitres du wagon.

La conversation portait naturellement sur le Débarquement, sa préparation en Grande-Bretagne, et la manière extraordinaire dont le secret avait été préservé. D'après le Président Hopkins les services d'espionnage allemands auraient eu connaissance de sa date précise, et l'auraient transmise au Haut Commandement, mais, perdue dans le flot des renseignements, elle serait restée ignorée.

Je me rends compte que je n'entends plus distinctement les mots qui s'échangent, et que je suis seulement conscient de la présence de Patricia à mes côtés.

Nous avons dépassé Caen. Les vitres restent éclairées par un paysage souriant, parsemé de maisons à colombages, qui défile sous un ciel sentant déjà l'été. Les traces de la guerre ont disparu. On n'aperçoit ni ruines, ni chantiers. Le bien-être a gagné les convives. Le repas est servi dans la vaisselle de l'Élysée, blanche, à filets d'or, frappée des initiales de la République.

La Princesse de Cardiff maintient l'émotion en entretenant le Président Hopkins des souvenirs de son frère. J'ai du mal à suivre leur conversation, car leur débit est rapide, à l'un comme à l'autre. La Princesse se penche par courtoisie, pour mieux se faire entendre. Elle pose ses mains sur ses genoux, que la nappe dissimule. Mon visage est alors proche du sien. J'en éprouve un sentiment de griserie. Je ne sais pas comment, la scène célèbre du *Rideau cramoisi*, où Mademoiselle Alberte prend subrepticement la main du jeune vicomte de Brassard, me revient à l'esprit. La situation, ici, est inverse, puisque c'est moi qui m'empare de la main de Patricia sans qu'elle se dérobe. Dans ces quelques secondes arrachées à l'éternité, mon enchantement a été de ne pas sentir cette main se dégager, s'éloigner, mais au contraire rester immobile, consentante sous sa peau tiède, comme une acceptation de ma caresse. Personne ne s'en est aperçu. Il n'y avait rien à remarquer pour les autres convives. La Princesse poursuivait son tête-à-tête avec le Président américain, et mon voisin de droite, le Secrétaire d'État, essayait d'obtenir du maire de Caen des informations sur la manière dont les sites du Débarquement étaient protégés. Par les fenêtres du train on commençait à apercevoir les arbres des grandes forêts normandes.

J'avais la tête en feu, et j'essayais de me mêler à la conversation. Mes questions étaient ineptes. Je me suis adressé au Président Hopkins pour lui demander si son frère avait eu la permission d'envoyer une lettre de Grande-Bretagne à sa famille juste avant de partir pour la France. Le Président n'a pas compris le sens de ma question, et la Princesse est intervenue pour la formuler dans un anglais à l'accentuation plus compréhensible. Elle s'est tournée vers moi avec un sourire. Mes yeux ont croisé les siens. J'ai cherché à y lire quelque chose dc plus que le plaisir de me rendre service. J'ai attendu quelques secondes. Son sourire, rien de plus.

Le train continuait de rouler, croisant maintenant des convois de grande banlieue. J'ai été pris d'une envie irrésistible, mais stupide, dangereuse et indiscrète à la fois, de refaire mon geste, pour voir s'il recevait une confirmation. J'étais conscient de l'absurdité de cette intention, que je sentais au mieux comme inutile, et au pire comme une terrible imprudence. Je redoutais par-dessus tout les réactions possibles de la Princesse : elle pouvait se lever et manifester publiquement son indignation, s'emparer de ma main et la claquer sur la table, ou encore me tourner ostensiblement le dos jusqu'à l'entrée en gare. Mais rien n'y faisait ! Mon envie, je l'ai dit, était irrésistible, et aucun argument, aucun cri de la raison, n'aurait pu l'arrêter. J'ai attendu le moment que je croyais favorable. Le Président Hopkins s'était adressé à travers la table à son Secrétaire d'État. Ma main a recherché celle de la Princesse. Elle l'a retrouvée, posée à plat un peu au-dessus de son genou, et elles se sont enlacées dans une caresse lente, sans violence ni conquête, où je sentais le contact de sa paume et de ses doigts.

Le train commençait à réduire sa vitesse. La Princesse a retiré sa main. Puis chacun a regagné son compartiment pour mettre en ordre son mince bagage avant l'arrivée. Je me suis regardé dans la glace, au-dessus de la cuvette. Je me suis trouvé l'air hagard, les joues en feu, mais peut-être, me suis-je dit, est-ce un effet de la lumière électrique. Qu'avait pu penser la Princesse de mon geste totalement impulsif, auquel elle s'était finalement prêtée ?

Notre convoi s'est arrêté sur une voie latérale de la gare Saint-Lazare, dont le quai, désert, était gardé par des policiers. J'ai proposé au Président Hopkins de le reconduire à sa résidence, située à deux cents mètres de l'Élysée, et il est monté dans ma voiture juste à la sortie de la gare. À côté de celle-ci, une Rolls noire, portant le fanion britannique, attendait la Princesse Patricia.

Quand je lui ai pris la main, pour la saluer, elle m'a regardé, la tête penchée de côté, et je l'ai entendue me dire, sur un fond de grouillement sonore formé par les clameurs de la foule qui attendait notre passage :

« J'ai vu sur le programme du voyage que je vous reverrai demain, Monsieur le Président. Notre ambassadeur me dit que vous avez accepté son invitation à venir déjeuner à l'ambassade. »

Je lui ai baisé la main, et nos voitures sont parties en cortège, précédées de deux motocyclistes qui faisaient de grands gestes des bras pour demander à leurs collègues de contenir la foule sur les trottoirs.

La scène ressemblait à un tableau de Claude Monet : des milliers de taches de couleur, des petits drapeaux américains et tricolores agités à bout de bras, et un semis de visages roses fendus par des bouches ouvertes, dont on ne pouvait pas distinguer les paroles.

La voiture de la Princesse empruntait un itinéraire différent pour se rendre à son ambassade. J'entendais monter les clameurs qui jalonnaient son parcours. Elles étaient plus enthousiastes que les nôtres.

Je suis rentré à l'Élysée, et j'ai monté les marches du perron, la tête en feu et le cœur étincelant de bonheur.

IV

LA MAISON DE WELLINGTON

La résidence de l'ambassadeur de Grande-Bretagne, rue du Faubourg-Saint-Honoré, est située non loin de l'Élysée. Je pourrais m'y rendre à pied. Les contraintes de la fonction m'imposent d'emprunter une voiture.

L'ambassadeur m'attendait sur le seuil du majestueux édifice, dont je montai les marches. Je me suis demandé, comme à chacune de mes visites, quelle idée bizarre avait pu pousser le gouvernement britannique de l'époque à désigner comme ambassadeur à Paris le duc de Wellington, vainqueur des Français à Waterloo, et à acheter pour l'y installer le palais d'une des sœurs de Napoléon. Sur le côté de l'antichambre on a placé une belle réplique de la statue de Pauline Borghèse, la sœur bien-aimée de Napoléon, qui la représente allongée et nue, sur un canapé de marbre. La sœur de l'Empereur a-t-elle accepté de poser dans le plus simple appareil, pendant que le sculpteur Canova maniait son ciseau ? L'ambassadeur m'arrache à mon interrogation pour me guider vers le salon bleu où il présente les invités, une dizaine en tout. Je remarque le directeur de l'Institut Pasteur, le célèbre professeur Emmerling, spécialiste du sida, un chercheur britannique aux lunettes cerclées d'acier, deux représentantes d'associations, et le baron Alcide de Rothschild, cravaté d'une lavallière noire, auxquels s'ajoutent des membres de l'ambassade.

« C'est la Princesse qui a choisi les invités, me dit l'ambassadeur. Elle a souhaité se rendre cet après-midi dans un hôpital du nord de Paris, où l'on soigne des enfants atteints du sida, et elle voulait que ce déjeuner prépare sa visite. Elle va arriver d'un instant à l'autre. »

On entend en effet un cliquetis de talons sur les marches de marbre de l'escalier, que descend la Princesse de Cardiff, qui fait maintenant son entrée. Elle porte un tailleur mauve pâle, avec une fleur blanche attachée au revers de sa veste, et son visage est animé comme si elle revenait d'une marche en forêt. La table est dressée dans la galerie dont les fenêtres sont largement ouvertes sur le parc, et la Princesse, qui est assise en face de moi, placée entre deux professeurs, lance tout de suite la conversation sur les risques du sida pour les enfants.

Elle est très au fait de la question, et parle à la fois de la transmission à la naissance, et de la pratique des transfusions de sang pendant la petite enfance. Le chercheur britannique prend le relais, mais je ne suis pas sûr de le comprendre, car il avale la moitié de ses mots, et je suis incapable de comprendre l'autre moitié, pendant qu'il attend, la fourchette levée, de poursuivre la consommation des homards qu'on nous a servis. Le professeur Emmerling lui donne la réplique, en commentant la pratique, généralisée dans certains pays en développement, de traiter avec des transfusions de sang celles des maladies infantiles pour lesquelles les remèdes pharmaceutiques ne sont pas encore disponibles, soit trop rares, soit trop chers.

C'est la Princesse de Cardiff qui mène la conversation, qui réplique et interroge les spécialistes. Elle semble passionnée, très à l'aise, et manie avec sûreté le vocabulaire scientifique. Son regard traverse la table dans ma direction.

« Nous parlons, me dit-elle, d'un sujet qui me tient à cœur. Je sais que votre pays fait beaucoup pour aider les enfants des pays pauvres atteints du sida, mais il va falloir faire encore plus car la maladie continue de progresser. Vous nous soutiendrez, j'espère, aux Nations Unies et à l'Organisation mondiale de la santé ! »

Elle s'arrête et reprend son souffle, dans une attitude que je commence à connaître, où elle penche son front en avant et vous observe d'un regard bleu nuit en relevant ses paupières.

« Mais il y a un autre sujet qui me préoccupe, Monsieur le Président, et dont je veux vous parler parce que je crois que vous êtes économiste… »

Tout cela est dit en anglais. J'approuve vaguement d'un hochement de tête.

« C'est la question, poursuit-elle, du commerce international des objets fabriqués par les enfants, surtout en Chine et dans le Sud-Est asiatique. Ces enfants sont maltraités, battus, parfois attachés à leur poste de travail, et vendus par leur famille, particulièrement les filles. Et nous, nous vendons le produit de leur travail dans nos " grandes surfaces ", où ils sont étalés sur les rayons. Vous et vos collègues, vous devriez vous en occuper pour l'interdire.

— Nous nous en occupons effectivement, lui dis-je, mais le problème est malheureusement compliqué. » Et je me lance dans une énumération des difficultés : le traçage des objets jusqu'aux entreprises qui les fabriquent, la distinction à établir entre le travail forcé des enfants et le travail volontaire, dans des conditions acceptables, pour compléter les ressources des familles démunies...

Je vois que la Princesse m'observe, et qu'elle cherche à me jauger. Elle s'interroge pour savoir si je réponds aux critères masculins qu'a dû lui décrire Madame Thatcher : le manque de courage, l'irrésolution, l'absence de volonté...

Le déjeuner se termine, et nous nous levons de table, dans l'inévitable brouhaha des chaises, dont les pieds grincent sur les dalles.

Au moment où le café va être servi par des maîtres d'hôtel en habit noir, l'ambassadeur de Grande-Bretagne s'approche de moi :

« La Princesse de Cardiff vous propose de venir prendre le café avec elle dans le salon voisin, me dit-il.

Elle aimerait vous parler quelques instants en tête à tête. »

*

Nous nous sommes assis dans deux fauteuils de part et d'autre de la cheminée couronnée d'une pendule dont le balancier émet un tic-tac régulier. Nos tasses de café sont posées sur de petites tables.

« Je vous ai demandé de venir parce que je voudrais vous connaître un peu mieux, me dit-elle. Vous me paraissez difficile à atteindre. »

Je projette en moi un rayon vertical, comme pour effectuer une radiographie de mon caractère.

« Pas spécialement difficile, lui dis-je platement.

— Si, difficile à comprendre ! Hier, j'ai bien aimé votre geste, quand vous avez posé votre main sur la mienne dans le train. Je vous ai laissé faire. Qu'est-ce que ce geste voulait dire ?

— Que je vous trouvais belle, ou plutôt attachante, émouvante. Mais je ne suis pas sûr de bien choisir mes adjectifs en anglais !

— Vous ne les choisissez pas mal, réplique-t-elle. Mais si vous me trouvez attachante, comment allez-vous vous attacher ? »

Et alors que cette conversation ressemblait jusque-là à un badinage, elle me regarde soudain droit dans les yeux.

« Je vois que vous avez du mal à trouver votre réponse, poursuit-elle. Moi, je ne vous trouve pas attachant, mais intéressant. Pour cela, il suffit d'essayer de vous connaître un peu mieux. Vous avez encore quelques minutes avant votre prochain rendez-vous, pour que je puisse vous poser des questions ? »

Je devrais répondre par la négative. Ce déjeuner prolongé a déjà désorganisé mon emploi du temps.

« Oui, j'ai le temps que vous voulez. Mais je crois que vous avez vous-même une visite prévue cet après-midi.

— Cela peut attendre, me dit-elle, et mes questions sont courtes. Vous permettez que je les pose en anglais ?

— Of course.

— D'abord, comment vous appelcz-vous ? Jc parlc de votre prénom. J'ai vu que vous aviez deux prénoms : Jacques et Henri. Deux, cela fait trop long ! Comment dois-je vous appeler ?

— Comme vous voulez, mais je préfère Henri.

— Je vous appellerai Henri et, si vous voulez, vous m'appellerez Patricia. Alors voici ma deuxième question. »

Elle prend sa tasse de café, et boit lentement. Je fais de même, en regardant ses doigts, ces doigts que j'ai tenus hier dans les miens.

« Pourquoi avez-vous cherché à devenir Président de la République ? Pensiez-vous que vous pourriez faire des choses utiles ? »

Comme il m'arrive souvent, je vois passer devant mes yeux la bêtise, la bêtise au rire béat, qui me suggère la réponse à ne pas faire : « pour avoir le plaisir de vous rencontrer ».

« Les circonstances ont joué leur jeu, lui dis-je. Mais je crois que mon motif était bien celui de faire des choses utiles. Je n'avais pas vraiment ce qu'on appelle l'appétit du pouvoir, mais plutôt un intérêt pour le pouvoir.

— Et voici ma dernière question, ma dernière question pour aujourd'hui, me dit-elle. Vivez-vous seul à l'Élysée ?

— Oui, je vis seul à l'Élysée. Mon épouse est morte il y a un peu plus de quatre ans.

— Je sais, j'ai lu cela dans les journaux. J'ai vu des photos d'elle. Elle paraissait très fine, très élégante, avec des cheveux noirs.

— Sa mère était italienne.

— Où l'avez-vous rencontrée ?

— À Florence, en Toscane. Je faisais un stage au consulat de France, de l'autre côté de l'Arno. Elle est venue chercher des documents pour s'inscrire à Sciences-Po, à Paris. Elle était en vacances chez ses grands-parents.

— Vous devez la regretter beaucoup, me dit Patricia, mais vous n'avez pas répondu vraiment à ma question. Si vous vivez seul, cela doit être triste pour vous de vous retrouver sans personne le soir ! Vos enfants sont déjà grands, je crois. Cela doit être un peu lugubre de passer la soirée en solitaire, de vous endormir sans personne. Qu'est-ce que vous faites : vous lisez, vous regardez la télévision ? »

Nos tasses sont vides. Je me demande où nous conduit cette étrange conversation. De toute manière elle ne va pas pouvoir se poursuivre longtemps, car je m'attends à chaque instant à ce que la porte s'ouvre. Je regarde les genoux de Patricia sous le rebord de sa jupe mauve.

« Oui, je lis tous les soirs, je ne peux pas m'endormir sans lire. Je mélange la lecture des livres en français et en anglais, et, quand je suis fatigué, j'éteins la lumière. »

J'aurais de la peine à lui faire comprendre que cette solitude, à la fin de journées trop remplies, n'est pas toujours désagréable.

« Cela n'a pas l'air très gai, remarque Patricia. Vous devez vous sentir déprimé, dans cette grande maison. » Elle s'arrête quelques instants, les yeux fixes, sans me regarder. « C'est vrai aussi, reprend-elle, qu'on peut vivre dans une grande maison, bourrée de monde, où l'on croise des gens du matin au soir, sans que personne s'intéresse à vous, ni cherche à savoir ce que vous avez envie de faire, ni se doute même que vous existez, ou en tout cas, ne le montre pas ! C'est une autre manière d'être seul… »

La porte s'est effectivement entrebâillée, et laisse passer la silhouette de l'aide de camp. Il marmonne quelques mots peu intelligibles sur l'emploi du temps de la Princesse.

L'aspect de ce personnage me déplaît. Il est guindé, corseté dans sa veste d'uniforme. Il respire la suffisance, et s'adresse à la Princesse sur un ton qui frise l'insolence. Dieu sait si je suis irrité par la vanité des Français, qui n'est que le trait d'ombre de leur grandeur passée, mais je la préfère encore à l'arrogance britannique.

« Laissez-nous quelques instants, major, commande Patricia. J'ai encore quelque chose à dire au Président. »

Pendant que la porte se referme, elle remarque :

« Ne vous étonnez pas. Il doit être un peu jaloux. »

J'ai lu, ici et là, les échos des rumeurs concernant l'idylle qu'elle aurait nouée avec un de ses aides de camp. Je suis surpris qu'elle paraisse les confirmer avec autant de simplicité.

Nous nous levons de nos fauteuils.

« J'ai été heureuse de vous parler, Henri, me dit-elle, en prononçant mon prénom avec un *h* aspiré. Nous ne nous sommes pas dit grand-chose. C'était plutôt conventionnel ! Nous devons essayer de faire mieux. Vous devriez venir à Londres. Je crois que vous avez prochainement une réunion avec le gouvernement britannique. J'espère que vous viendrez me rendre visite. J'habite au Palais de Kensington. C'est tout près de votre ambassade.

— Je viendrai avec grand plaisir, lui dis-je, en me sentant à nouveau plat, désespérément plat. Dès que le programme sera établi, je vous appellerai au téléphone, Patricia.

— C'est mieux, remarque-t-elle, vous faites des progrès ! »

Et pendant que je me rapproche d'elle – elle dans son tailleur mauve –, pour lui dire au revoir, tandis que nous sommes maintenant debout, tout près l'un de l'autre, presque de la même taille avec ses hauts talons, et que je commence à avancer le bras pour le plus banal des adieux, elle prend mon visage entre ses deux mains. Je sens ses lèvres se poser sur ma joue, et murmurer quelque chose comme « au revoir » en français, puis glisser, encore glisser, jusqu'à ce que la moitié droite de sa lèvre atteigne, effleure, et caresse la moitié gauche de la mienne.

V

LE PALAIS DE KENSINGTON

La rencontre annuelle entre les gouvernements britannique et français a lieu, cette fois-ci, à Londres. Un hélicoptère m'a déposé ce matin dans le jardin de l'ambassade, ou plutôt de la résidence de l'ambassadeur, située juste en face du Palais de Kensington, où habite la Princesse Patricia. Les deux parcs sont séparés par une clôture basse, renforcée par des haies méticuleusement taillées. Lorsque l'hélicoptère a commencé sa descente, j'ai aperçu les toits du palais, une longue bâtisse en briques, dont les portes et les volets sont peints en blanc, et qui est composée de plusieurs éléments.

L'ambassadeur de France se tient debout sur le gazon, à distance respectueuse de l'appareil, la main droite posée à plat sur sa tête pour éviter d'être décoiffé. Lorsque les pales se sont enfin arrêtées, il s'avance vers moi, et me souhaite la bienvenue, pendant que je descends. Il en vient tout de suite au programme de nos travaux.

« Le Premier ministre britannique a décidé de

regrouper les conversations en deux séances. Cet après-midi, vous parleriez des questions bilatérales et européennes, notamment du financement du tunnel sous la Manche, ainsi que du projet de monnaie européenne. Et la réunion de demain matin serait consacrée aux problèmes internationaux, et aux relations Est-Ouest. Le soir il vous recevrait au 10 Downing Street, en compagnie des seuls ministres des Affaires étrangères et des Finances. Et pour demain j'ai indiqué que vous seriez heureux de recevoir le Premier ministre ici, à la fin de la séance. Puis-je confirmer votre accord à ce programme, Monsieur le Président ? »

Que tout cela est pompeusement dit ! L'air estival est rempli d'effluves de sève chaude, et de parfums de fleurs. Au-delà de l'hélicoptère, j'aperçois les toits du Palais de Kensington. Voilà trois semaines que je n'ai vu Patricia, et tout à coup je grille d'impatience de la retrouver.

« Oui, dis-je, vous pouvez donner mon accord. J'arriverai à trois heures au bureau du Premier ministre. Mais il y aura autre chose pour demain, qui ne concerne pas vos interlocuteurs. Avant de partir dans l'après-midi, je me rendrai pour une visite au Palais de Kensington, où je dois rencontrer la Princesse de Cardiff. »

Nous voici arrivés sur le seuil de la Résidence. Les deux battants de la porte qui donne sur le jardin sont ouverts, et nous trouvons devant nous le tapis de la Savonnerie qui recouvre le dallage du salon.

L'ambassadeur paraît interloqué par ma dernière phrase.

« Comment dois-je présenter ce déplacement, Monsieur le Président ?

— Vous ne devez rien présenter du tout, ni rien dissimuler non plus. Après le déjeuner, j'emprunterai votre voiture pour me rendre au palais voisin, et au retour je repartirai d'ici en hélicoptère.

— Je vais arranger cela », me dit l'ambassadeur.

Je le sens perplexe. Il doit se demander si ce rendez-vous devra figurer dans le télégramme où il rendra compte du déroulement de la conférence.

« Non, n'arrangez rien, lui dis-je, je vous en prie. Il suffit que votre voiture et votre chauffeur m'attendent devant la Résidence, à la fin du repas. »

Il paraît accablé par cette absence d'organisation et de précautions. Comment se comporter lors d'un événement aussi simple qu'une visite à une résidence voisine ? Il m'accompagne dans l'entrée, le visage contrarié.

***

C'est moi, Anne, qui dois présenter à la presse les résultats des travaux. J'ai convié les journalistes au siège de la Chancellerie, près de Hyde Park, en début d'après-midi. Le Président Lambertye m'a appelée deux fois, durant la journée, puis il m'a demandé de venir pour me faire un rapide compte rendu :

« Tout s'est vraiment bien passé, me raconte-t-il. Vous pouvez l'affirmer. Pour le tunnel sous la Manche, les choses avancent bien, mais les Britanniques refusent toujours qu'il y ait une part de financement public. Cela ne me paraît guère réaliste, car je crains qu'on ne débouche sur des difficultés financières, mais n'évoquez pas ce point, car ils restent intraitables. Quant au projet de monnaie européenne, contentez-vous de dire que nous avons eu un échange de vues "franc et sincère". Nos interlocuteurs s'habituent à l'idée qu'ils ne pourront pas empêcher ce projet d'aboutir, et comme ils sont décidés à ne pas y participer, ils cherchent à limiter les dégâts pour la place de Londres. »

Le Président a poursuivi sur les questions de politique étrangère. Nous faisons, m'a-t-il dit, une analyse identique sur la crise de l'Union soviétique. Le régime a été provisoirement sauvé par la hausse des cours du pétrole, mais le niveau extravagant des dépenses militaires et spatiales condamne ce système vieillissant à un délabrement prochain.

« Voyez ce que vous pouvez tirer de cela », me dit le Président. Il est souriant, et porte un costume de tissu gris, marqué de fines rayures bleues. Je le sens heureux, dans cette journée éclatante de début d'été. Il me quitte pour aller déjeuner.

« Revenez me voir demain à l'Élysée, conclut-il, quand vous aurez pris connaissance de la presse britannique. »

⁂

À l'issue du repas, j'ai raccompagné le Premier ministre britannique sur le palier d'entrée de la Résidence, et dans le brouhaha des voitures de sécurité et des gyrophares bleus, j'ai vu s'avancer la voiture de l'ambassadeur. Mon aide de camp, le lieutenant-colonel Anterroche, m'a ouvert la portière. Je lui ai indiqué qu'il n'était pas nécessaire de m'accompagner, car je me rendais juste à côté. Et la voiture a démarré en descendant la rue.

J'ai demandé au chauffeur s'il connaissait l'accès du Palais de Kensington. Il m'a répondu par l'affirmative, et, après un court trajet, il a ouvert sa vitre devant la guérite qui protège l'entrée, fermée par une grille.

« The President of France », a-t-il annoncé. Le policier devait avoir reçu des consignes, car il s'est contenté de saluer, et a indiqué le parcours à suivre.

La voiture a longé un premier bâtiment, puis un second, au bout duquel elle a tourné à droite. Une porte était grande ouverte, et un personnage en veste noire et en pantalon rayé attendait sur le seuil. J'ai regardé ma montre : trois heures cinquante-neuf exactement.

Le personnage a ouvert la portière de l'auto, en me disant :

« Si Monsieur le Président veut bien me suivre. Son Altesse vous attend. »

Dans le court espace entre la voiture et la porte, j'ai respiré l'air de ce jour idéal, chaud, bleu, flottant autour de moi sans un pli. Les couleurs des fleurs avaient disparu. Il ne subsistait que du bleu et du blanc, comme parfois l'été au bord de la Méditerranée, et des odeurs de roses en fin de floraison.

J'ai suivi le maître d'hôtel. Nous avons traversé l'entrée, et abordé l'escalier de marbre qui s'élevait devant nous. Un dessin classique : l'escalier est situé au centre, et débouche sur un palier. Là il se divise en deux branches qui montent de chaque côté. Mon mentor a emprunté la branche de droite, et nous sommes arrivés au premier étage. Devant nous s'ouvre une baie qui donne accès à un salon. Sur les murs de l'escalier sont accrochés de grands portraits, ou plutôt des gouaches, représentant les membres de la famille royale.

Je ne vois pas encore la Princesse de Cardiff. Mais si, elle est là !

Patricia est assise dans un canapé, à droite de ce grand salon. Elle se lève, et marche à ma rencontre.

Elle porte une robe de coton blanc, au dessin droit, qui s'arrête à la lisière des genoux. Cette robe n'a pas de manches, mais seulement deux rubans étroits sur les épaules bronzées de Patricia. Celle-ci tient sa tête inclinée vers l'avant, ses yeux cherchant les miens.

« Je suis heureuse de vous revoir, Monsieur le Président », me dit-elle en français. Puis se tournant vers le maître d'hôtel : « Vous nous apporterez du café, Paul, lui demande-t-elle en anglais, et vous nous laisserez. Je vous appellerai pour reconduire le Président. »

Pendant qu'il gagne une porte, Patricia change de ton. Elle commence à rire.

« Assez de Monsieur le Président ! Venez vous asseoir, Henri. Vous n'avez même pas pris la peine de m'embrasser en arrivant !

— Si, je vous ai baisé la main.

— C'est exactement ce que je veux dire. »

Patricia se dirige vers un canapé de cuir blanc, et s'installe dans un angle.

« Asseyez-vous, me dit-elle, et pas trop loin. Et tournez-vous pour que je puisse vous regarder : ce sera plus facile pour observer vos réactions. »

Ce canapé est bas. Je m'installe de biais, et je me trouve en effet assis presque en face d'elle. Ses yeux irradient leur couleur bleu azur, et je distingue ses cils bruns. Elle tient ses jambes jointes, au bord du canapé, et je vois qu'elle ne porte pas de bas. Sa peau bronzée est nue.

Le café est arrivé. Le maître d'hôtel a posé le plateau sur une table basse. Patricia se penche pour me tendre ma tasse. Lorsqu'elle s'enfonce à nouveau dans le canapé, le bord de sa robe se relève au-dessus de ses genoux, et découvre, de chaque côté, l'amorce de ses jambes. Ce sont des jambes de cavalière, fines, avec des muscles étirés.

« Vous n'êtes pas très bavard, me dit-elle. Comment se passent vos conversations à Londres ?

— Elles se passent plutôt bien. Le Premier ministre

James Logan est un interlocuteur très ouvert. Mais je suis surtout heureux de venir vous voir.

— Ne me racontez pas d'histoires, me réplique-t-elle en souriant. Vous êtes venu à Londres parce que vous y aviez une réunion. Autrement, vous auriez laissé la Princesse croupir dans son palais !

— Le risque ne me paraît pas bien grand, dis-je. Il fait si beau, et le soleil a envahi votre maison ! »

C'est bien la vérité : mon regard fait le tour de la pièce, aux grands murs clairs, où les stores des fenêtres sont à demi baissés. Le soleil multiplie les taches lumineuses sur le tapis et le parquet.

« Oui, il fait beau, pour le moment, et j'aime beaucoup cette maison. Mais je suis seule ici. »

Sa voix a changé, en descendant d'un ton.

« Je suis seule, et je m'ennuie souvent. Je lis un peu. Je sors rarement. Je suis contente que vous soyez venu me voir.

— Mais vous avez beaucoup d'amis, lui dis-je. On raconte beaucoup d'histoires sur vos sorties du soir. Et puis vous vous occupez de vos enfants.

— Non, ils ne m'occupent pas beaucoup, ils sont en pension, mon fils et ma petite fille. Je pense que c'est beaucoup trop tôt, mais leur père a insisté, et finalement décidé. C'est ainsi que cela se passe toujours pour moi. »

Elle marque un temps d'arrêt, et reprend :

« Oui, c'est toujours pareil. Je ne compte pas pour eux, je n'existe pas. On ne me demande mon avis sur rien, même quand cela me concerne, et qu'il s'agit de mon propre emploi du temps. Je crois que ma belle-famille, je veux dire la famille royale, me déteste. Il est vrai que je le leur rends bien ! Je fais une seule exception pour la Reine Victoria. Elle a toujours été bienveillante avec moi, et elle a cherché à m'aider. Un jour, je vous raconterai ce qu'elle a fait juste avant mon mariage. »

Je suis surpris par sa véhémence. C'est un torrent qui se déverse, un sac rempli de cailloux qui se retourne et qu'on secoue jusqu'à ce qu'il n'en reste plus aucun…

Je me sens embarrassé, maladroit, devant cette explosion de souffrance et de frustrations à laquelle je n'ai aucune réponse à apporter.

Sa voix change à nouveau. Le soleil remplit toujours la pièce. Je regarde ses genoux, tout proches, juste devant mes mains, et le rayon qui parcourt ses cheveux lissés.

« Excusez-moi, Henri, je vous ennuie avec le récit de mes malheurs ! Je reconnais que cela n'est pas gai, mais les choses sont ainsi depuis que nous nous sommes séparés avec mon mari. Autant que vous les connaissiez. Et ce qui complique le tout, c'est que j'ai besoin de sentir qu'on m'aime. C'est un drôle de sentiment. Beaucoup de gens peuvent vivre sans qu'on les aime. Mais moi je ne peux pas. Vous me comprenez ?

— Pas vraiment. Que voulez-vous dire par le besoin d'être aimée ? Un besoin d'affection ? Un besoin d'amour ? Le désir de faire l'amour ?

— Les trois ! répond-elle en riant ; l'affection, bien sûr ! Mais surtout l'amour. J'ai besoin de sentir à tout moment qu'on m'aime, qu'on recherche ma présence, qu'on me désire. Enfin pas tout le temps ! Et vous, le muet, avez-vous besoin d'être aimé ?

— C'est différent pour moi, dis-je, empêtré dans cette analyse. Dans la fonction que j'exerce, j'ai besoin de sentir que les gens m'approuvent, qu'ils pensent du bien de moi, mais ce n'est pas de l'amour.

— Vous ne voulez pas me répondre ! reprend Patricia. Y a-t-il une femme, ou des femmes qui vous aiment ? »

Je fais dans ma tête le tour de mes amies, auxquelles je suis attaché, des rencontres qui ont pu me plaire. Je suis prêt à répondre, mais je ne voudrais pas que la conversation prenne un tour d'inventaire sérieux. Il fait trop beau, et la peau soyeuse de ses genoux est trop caressante à regarder.

« Pour le moment, non, mais cela peut arriver ! Et vous ?

— Je vous ai déjà répondu, me dit-elle. Je ne peux pas vivre sans qu'on m'aime. J'accepte d'être aimée, et même je le recherche. Cela ne me satisfait pas complètement. C'est trop lié au quotidien. J'ai besoin aussi de vivre de grandes causes. J'ai été bouleversée de fond en comble par ce que j'ai vu à Calcutta, il y a quelques années, et je vous ai dit que je me battais pour mettre fin au travail des enfants, dans les usines et surtout dans les mines. J'aimerais concilier mon besoin d'être aimée et ma passion de servir ces causes. »

Elle ne me regarde plus. Elle se parle à elle-même. Elle paraît plongée dans ses pensées : rêves ? aspirations ? souvenirs de tendresses passées ? demi-échecs ?

que sais-je ? Toujours est-il qu'elle est magnifique à observer. Elle tourne ses épaules, s'appuie sur le dossier, et revient vers moi :

« Dites-moi, Henri, est-ce que dans votre position vous pouvez faire des choses utiles, ou est-ce que vous êtes condamné à perdre votre temps dans des conférences et dans des parlottes ? Ou encore à aller à des dîners officiels ? La dernière fois, j'ai été heureuse d'être assise à côté de vous ! Je me contredis un peu… »

Elle se détend à nouveau, et s'étire sur le dossier du canapé. Ses confidences et ses sautes d'humeur me mettent mal à l'aise, et m'émeuvent à la fois. Le temps passe, mais je n'ose pas consulter ma montre, cachée sous le poignet de ma chemise. Elle a dû saisir dans mon regard une lueur d'inquiétude.

« Je parle trop, me dit-elle, et il va falloir que vous partiez. J'aimerais que nous puissions reprendre cette conversation, et j'espère que vous serez plus libre la prochaine fois ! » Sa main gauche était posée sur l'arête du coussin. Elle s'avance et saisit la mienne, et je conduis son pouce dans ma paume, et les doigts sur le dessus.

« Je sais à quoi vous pensez ! me dit-elle. Au voyage de retour des plages de Normandie ! Je me le rappelle souvent moi aussi. Dans deux semaines j'emmènerai mes enfants chez ma cousine, la sœur du Roi de Suède, qui a une propriété dans le midi de la France. Je crois que vous avez une résidence dans le voisinage. Vous pourriez venir nous voir.

— Avec un très grand plaisir, Patricia, mais je vous appellerai d'ici là.

— Oui, appelez-moi, dit-elle. Mais j'espère que vous avez compris ce que je voulais vous dire… »

Elle est maintenant debout. Je me tiens devant elle. Nos yeux sont presque au même niveau.

« … Je voulais vous dire que je souhaitais que vous m'aimiez. »

Je l'entends encore le dire en anglais. Ce n'est pas ma mémoire qui me le rappelle, c'est sa voix :

« I wish that you love me. »

Et elle ajoute :

« Je vais appeler Paul pour vous reconduire. Mais dites-moi au revoir avant, pour ne pas le choquer. »

Je m'amuse de voir remonter à la surface les bons principes de son éducation.

Elle s'avance et je passe mes bras autour de ses épaules. Sa robe s'arrête à mi-dos. Mes mains la caressent, et l'appuient contre moi. Elle se laisse faire, et même je la sens s'assouplir à cet enlacement. Mes deux mains saisissent sa taille, et je peux sentir sous l'étoffe le départ incurvé de ses hanches. L'autre jour, à Paris, je me souviens d'une demi-bouche effleurant une autre demi-bouche, et à l'instant ce sont mes deux lèvres qui s'appuient sur les siennes, qui les aspirent, et qui les ouvrent. Elles les tiennent passionnément sous leur pression, pendant que se prolonge, pas assez longtemps, l'étreinte devenue sans faille de nos silhouettes.

Après plusieurs minutes, presque à bout de souffle, nous nous sommes détachés l'un de l'autre.

Patricia a appelé son maître d'hôtel. Il est jeune, et porte sur sa figure un sourire obséquieux qui me déplaît. Il avance en direction de l'escalier. La Princesse reste un instant debout sur le palier, m'adresse un geste de la main, se retourne et s'éloigne.

J'ai regagné l'ambassade, l'esprit exalté, sans pensée fixe. Le rituel des départs a commencé à remettre les choses en place. Quand l'hélicoptère a décollé j'ai pu fermer les yeux, protégé par le sifflement de la turbine, qui rend toute conversation impossible. Je me répétais la phrase de Patricia : « Je voudrais que vous m'aimiez », et je retrouvais le cercle ensorcelant de ses épaules, et de ses genoux. Qu'a-t-elle voulu me dire exactement ? Qu'attend-elle de moi ? Je n'ai rouvert les yeux qu'en arrivant au-dessus de Paris, lorsque l'hélicoptère a amorcé sa descente en direction de la cour de l'École militaire, où nous allons maintenant nous poser.

VI

LE CAP D'ANTIBES

Le Président m'a appelée du Fort de Brégançon où il séjourne pour me demander de venir m'occuper de la presse à Antibes, où il compte se rendre après-demain.

« J'irai déjeuner, m'a-t-il dit, chez la sœur du Roi de Suède, qui a loué une maison à l'extrémité du Cap d'Antibes, près d'Éden-Roc. Il y aura aussi la Princesse de Cardiff, a-t-il ajouté d'un ton détaché. Ce n'est pas la peine de l'annoncer à la presse, mais je serai probablement suivi, et il y aura des caméras et des photographes qui guetteront ma sortie. Il faudrait que vous soyez présente, pour que tout se passe bien. Je pense repartir aux alentours de cinq heures, et je ne ferai évidemment aucune déclaration, mais il n'y a rien à cacher : c'est une visite de voisinage, pendant les vacances. »

J'ai donc pris l'avion pour Nice, et j'ai demandé à la préfecture des Alpes-Maritimes de m'envoyer une voiture à l'aéroport sans donner d'explication. Le chauffeur s'est efforcé de trouver la villa, en empruntant la route qui borde le Cap et passe devant la chapelle de la Garoupe. Il nous a fallu prendre un chemin plus étroit longeant le parc de l'hôtel du Cap, et j'ai aperçu de loin un modeste attroupement devant une grille fermée. Il était près de trois heures. Il s'agissait effectivement de journalistes et de photographes, qui campaient devant l'entrée de la villa dont le Président m'avait donné l'adresse. Qui les avait prévenus ? La voiture présidentielle devait avoir été suivie. J'ai cherché à les dénombrer : une vingtaine environ, auxquels s'étaient mêlés quelques badauds et des enfants en tenue de plage. Au-delà de la grille, une allée bordée de pins maritimes tournait sur la gauche, en direction d'une imposante villa blanche.

Je suis descendue de voiture, et me suis mêlée aux journalistes pour leur expliquer que le Président Lambertye était venu déjeuner en voisin, et qu'ils pourraient le photographier à sa sortie. Cela a déclenché un flot de questions, d'où émergeaient les demandes rituelles : « Acceptera-t-il de répondre à des questions ? Pouvons-nous entrer dans le jardin pour prendre des photos plus sympathiques pendant le déjeuner ? »

Sympathiques ? Je suis restée ferme. « La voiture du Président, qu'il conduit lui-même, ralentira pour que vous puissiez le photographier, mais je ne pense pas qu'il souhaitera répondre à des questions. »

Le brouhaha s'est poursuivi. Il s'est orienté vers la grille, car le temps passait. La sortie, désormais, était proche. Les plus hardis des cameramen cherchaient à repérer des talus qui leur permettraient de prendre des images par-dessus la grille. D'autres s'exerçaient à porter leurs appareils à bras tendus.

Soudain on aperçut le scintillement d'une vitre à travers les troncs des pins. C'était la voiture du Président, précédée d'un autre véhicule.

Un agent de sécurité se dirigea vers nous en empruntant l'allée. Il ouvrit la grille. Des gendarmes en tenue bleue, surgis d'on ne sait où, se sont avancés, les bras en croix, pour tenir à distance la petite foule, et laisser la voie libre.

Les flashs ont cliqueté : c'était le Président !

***

Quand je suis arrivé à l'arrière de la maison, conduit par l'inévitable maître d'hôtel Paul, Patricia et sa cousine remontaient de la plage, ou plutôt du ponton qui surplombe la mer. Il faisait déjà chaud, et leurs maillots de bain étaient encore inondés de gouttelettes. Celui de Patricia était vert amande, d'une coupe classique, mais largement échancré sur le haut des cuisses. En marchant à sa rencontre, je me suis dit que c'était la première fois que je pouvais la contempler tout entière, mais étrangement je la trouvais moins attirante que lorsque j'étais assis en face d'elle au Palais de Kensington, et que j'apercevais ses genoux dans l'ombre de sa jupe.

Je l'ai embrassée.

« C'est mieux ! » m'a-t-elle murmuré à l'oreille. Et j'ai baisé la main de la Princesse de Suède, ce qui était un geste ridicule, étant donné son costume de bain rouge, à ceinture blanche, et ses sandales de toile écrue dont une lanière isolait son orteil.

« Venez-vous asseoir, Monsieur le Président, m'a-t-elle dit, si vous voulez prendre un verre avant le déjeuner. »

J'étais heureux de la revoir, car j'avais été charmé de la rencontrer lorsque le Roi m'avait invité, il y a longtemps déjà, à une chasse à l'élan en Suède, alors qu'il était encore célibataire, et qu'elle l'aidait à recevoir ses amis.

Nous nous sommes installés dans des fauteuils d'osier, ou de rotin, je ne sais, indifférents à l'eau de mer qui continuait à s'égoutter. Sur la table basse, posée à même le gazon, nous attendait un plateau de laque métallique, décoré de voiliers, et les inévitables verres à bulles provenant de la manufacture de Biot. Il s'agit, pensai-je, du mobilier loué avec la villa.

Patricia s'est assise à côté de moi. Je la sens libre et détendue, et discrètement possessive. Sa peau est déjà bronzée, et ses épaules s'animent de mouvements souples quand elle se penche pour saisir un verre sur la table. Un groupe d'enfants, garçons et filles, joue au bout du jardin. Leurs silhouettes dessinent des zigzags bariolés, comme des ombres chinoises, sur l'horizon immobile de la mer. Bref, une scène de vacances rêvée au bord de la Méditerranée. Il n'y manque que le vin rosé de Provence, mais voici que Paul, vêtu d'une chemise blanche à manches courtes et d'une cravate noire, nous en apporte une bouteille, encore givrée par sa sortie récente du réfrigérateur.

Sur le déjeuner, il n'y a rien à raconter. Il était agréable et insignifiant pour chacun de nous trois, dans une salle à manger blanche, aux persiennes à demi fermées en raison de la chaleur montante. Tout s'est passé au départ.

Patricia était montée se changer dans sa chambre. Elle en était redescendue avec un short blanc très sage, et un chemisier bleu marine. Pendant que je buvais un verre avec sa cousine, Patricia a proposé de m'accompagner jusqu'à ma voiture, que j'avais garée dans l'allée. Nous avons fait le tour de la maison pour rejoindre le chemin d'arrivée. Je lui ai pris le bras, que j'étais heureux de sentir enfin sous mes doigts. J'aurais aimé me montrer plus entreprenant, enlacer sa taille, embrasser son cou derrière son oreille, là où j'apercevais de petites mèches blondes, mais les circonstances s'y prêtaient mal, car je voyais devant nous l'arrière de la voiture qui allait m'accompagner, pilotée par deux agents de la sécurité présidentielle, et je sentais aussi que Patricia avait changé d'attitude. Elle s'était raidie, et la couleur de ses yeux avait viré au bleu sombre.

« Pourriez-vous marcher un peu plus lentement, me demande-t-elle. J'ai quelque chose à vous dire. »

J'ai ralenti le pas sur le ciment rose de l'allée, recouvert par une moquette d'aiguilles de pins desséchées.

« Je voulais vous demander si vous allez vous satisfaire longtemps de cette relation insipide, pour étudiants débutants, et de votre habitude de parler pour ne rien dire ? »

Afin d'être plus sûre de ses mots, elle s'exprime en anglais.

« Je ne parle pas beaucoup, lui dis-je.

— Oui, mais cela suffit pour que vous ne disiez rien. Cela fait trois mois que je vous connais, et vous ne m'avez rien dit ! »

Elle s'arrête et fait deux pas en avant.

« Je vous ai demandé de m'aimer. Ce n'était pas facile pour moi ; je ne le dis pas tous les jours. Et je pensais que vous étiez un adulte. J'imaginais qu'un Président de la République, même en France, était un adulte ! Au lieu de cela, tout ce que vous m'offrez, ce ne sont que des enfantillages ! »

Déconcerté par sa véhémence, j'hésite à répondre.

Et c'est son tour maintenant de me prendre le bras pour recommencer à marcher. Sa voix change de ton.

« Ne parlons plus de cela, me dit-elle, mais j'aimerais bien vous connaître. » Elle revient au français : « Il nous faudrait plus de temps. Pourquoi ne m'invitez-vous pas en France ?

— Je le ferais volontiers », lui dis-je. Je tente sans succès d'imaginer quelques insoupçonnables subterfuges.

Plus prompte, ou mieux inspirée, Patricia me devance.

« Notre ambassadeur à Paris m'a dit que vous donniez des chasses dans une forêt, à Rambouillet. Vous l'y avez même reçu. Vous pourriez me proposer de venir. Je ne chasse pas, mais si vous avez des chevaux, j'irai me promener en forêt. Au retour, nous pourrions parler tranquillement. Vous me raconterez ce qui vous intéresse réellement, ce qui compte pour vous. Vous me direz aussi si vous voyez en moi autre chose qu'une gamine, avec de jolies jambes auxquelles il me semble que vous prêtez beaucoup d'attention. Je crois qu'il y a matière à de longues conversations ! »

Je ralentis encore le pas, car nous ne sommes plus qu'à une dizaine de mètres de ma voiture. Elle est garée sur le côté de l'allée, avant le tournant qui mène à la grille. La voiture de sécurité s'est avancée pour se placer devant la mienne, afin de lui ouvrir le chemin. J'ai l'impression que nous nous trouvons soudain seuls.

C'est Patricia évidemment qui a raison ! Tout ceci tourne à l'enfantillage, à un échange codé et très superficiel. Mais elle se trompe sur un point : sous l'apparence de ces minces échanges, je ressens comme le bouillonnement d'un torrent soudain incandescent, un besoin aigu, une soif d'être et de m'exprimer, qui remonte dans ma gorge, et qui en force les parois, jusqu'à éclater en quelques mots :

« Je vous aime, Patricia, lui dis-je. Je vais m'occuper de tout cela ! »

Elle me regarde, m'observe un moment. Elle se tient immobile dans son short blanc et son chemisier bleu marine. Elle ne dit rien, puis s'avance d'un pas vers moi. Elle lève les mains pour saisir mon visage, et avec un geste identique à celui du Palais de Kensington, elle pose ses lèvres sur les miennes, dans un mouvement surprenant de légèreté et d'insistance.

« Je crois qu'il est temps que vous partiez », me dit-elle.

VII

LA CHASSE À RAMBOUILLET

Le rituel de la chasse est toujours le même. Les invités sont attendus à huit heures quarante-cinq du matin. On les conduit dans la salle basse du château, où du café au lait leur est servi par les maîtres d'hôtel en habit bleu à la française et en gilet rouge. Puis ils gagnent leurs chambres, sur la porte desquelles leur nom est affiché, pour passer leurs vêtements de chasse. Ils redescendent, et nous nous retrouvons sur le gravier, à l'arrière du château, là où les voitures nous attendent pour nous transporter sur le territoire de chasse.

Je suis arrivé la veille au soir, pour profiter d'une nuit de sommeil dans le silence profond du parc. J'ai toujours goûté les moments passés dans cette grande bâtisse silencieuse, recouverte à l'automne de vigne vierge rouge. Le château entourait autrefois la cour sur trois côtés. L'une des ailes a été démolie du temps de Napoléon. Il en subsiste deux, formant un angle droit, qui se termine par une grosse tour où, selon la tradition, serait mort François Ier.

Lorsque j'ai rejoint les invités, je les ai salués un par un. C'est un groupe sympathique, et, comme chaque fois, de composition volontairement mélangée : les ambassadeurs d'Italie et de Yougoslavie, deux généraux de l'armée de terre qui pourront déployer leurs talents de tireurs, le président du Comité des armateurs, l'omniprésent vice-président du Sénat, et deux « grands fusils » sur lesquels je compte pour faire le tableau. Je leur annonce que la Princesse de Cardiff nous rejoindra pour le goûter, en fin de chasse.

Cette nouvelle les émoustille. Patricia est une beauté célèbre. Les chasseurs lui rendent hommage, mais on ne relève aucune hyperbole sous leurs propos. Visiblement ils sont surtout préoccupés par leurs performances à venir : la chasse est aussi une compétition de vanité. J'aurais aimé qu'ils me posent quelques questions sur la présence de Patricia, quitte à ce que mes réponses restent dans le flou.

L'inspecteur des Eaux et Forêts responsable de la chasse avait prévu de faire trois battues de faisans dans la matinée. Les oiseaux ne volaient pas très haut, car nous sommes encore en début de saison, et j'entendais leur rebond élastique quand ils tombaient sur le sol détrempé par la pluie de la veille.

J'ai quitté les tireurs à la troisième battue pour attendre l'arrivée de la Princesse. Les semaines ont passé depuis mon aveu du Cap d'Antibes, et pourtant la chaleur de notre échange est toujours aussi vive. Grâce à lui il m'a semblé être moins seul.

La voiture qui amenait Patricia s'est rapprochée

de loin dans l'allée, une voiture noire, luisante, un peu haute, mise sans doute à sa disposition par l'ambassade de Grande-Bretagne. Après être passée entre les deux petits pavillons d'entrée, elle a franchi la grille, et dessiné une courbe pour s'arrêter devant les marches du perron. L'aide de camp de Patricia, corseté dans sa veste d'uniforme bleu marine, a jailli du siège avant pour ouvrir la portière, et Patricia est descendue.

Elle portait une veste de cavalière en drap noir, cintrée à la taille et boutonnée devant, et un chemisier blanc assorti d'une sorte de cravate de la même couleur, nouée autour du cou. Son pantalon était en jean bleu.

Je l'ai embrassée calmement, gentiment, d'un de ces baisers dont Montherlant disait qu'ils n'engageaient à rien, sous l'œil étincelant de l'aide de camp.

« Ne soyez pas étonné de ma tenue, Monsieur le Président, me dit-elle en anglais, j'ai voulu gagner du temps pour partir me promener dans la forêt.

— Je vais vous conduire à votre appartement, lui dis-je, pendant qu'on montera vos bagages. »

Fleuret, l'intendant de l'Élysée, dirige, comme un corps de ballet, les valets en train de décharger la voiture.

« Je vais vous précéder pour vous montrer le chemin, qui est un peu compliqué », dis-je à Patricia.

Nous montons un escalier en colimaçon, aux marches larges et usées, qui débouche dans une longue galerie, dont les fenêtres donnent sur la cour d'arrivée.

Entre chaque ouverture, on a accroché des bois venant des cerfs chassés dans la forêt, qui dessinent un long alignement.

« C'est très beau, me dit Patricia, qui est revenue à la langue française.

— Votre appartement est au bout de cette galerie. »

L'intendant trottine devant nous pour en ouvrir la porte à deux battants. Le major aide de camp marche sur nos talons comme s'il était tenu en laisse.

L'appartement est organisé autour d'une antichambre où donnent plusieurs portes. L'une ouvre sur une penderie où l'on va déposer les bagages. La femme de chambre, Huguette, en robe grise à col blanc, attend pour défaire les valises. L'intendant pousse une autre porte, celle de la salle de bains, qui donne d'un autre côté de la chambre. Elle est carrelée, en faïence de style Art déco. Ce travail doit remonter au temps du Président Auriol. Mais la pièce est spacieuse et lumineuse, et je vois que pour les serviettes éponges, les savons de Guerlain et les sels de bain, Huguette a fait largement les choses. Nous parvenons enfin à la chambre de Patricia.

« On l'appelle la chambre de l'Impératrice, déclame à mi-voix l'intendant Fleuret, parce que c'est ici qu'est venue habiter Marie-Louise. »

Les dimensions sont très vastes. La chambre s'ouvre sur deux grandes portes-fenêtres, bordées par un long balcon en fer forgé, et au-delà sur une pièce d'eau aux reflets gris-bleu.

« Qu'est-ce que c'est que ce balcon ? m'interroge

Patricia, qui s'est avancée, et qui observe le curieux cheminement de cette excroissance le long de la façade.

— On raconte que c'est Napoléon qui l'a fait installer, lui dis-je, pour pouvoir rejoindre plus facilement l'Impératrice. »

Patricia pince ses lèvres pour les empêcher d'articuler la question qu'elle a envie de me poser, mais ses yeux s'en chargent : « L'avez-vous souvent utilisé ? »

L'aide de camp de la Princesse qui nous a suivis s'est rapproché de moi. Il m'interroge en anglais :

« Pouvez-vous m'indiquer, Sir, où se trouve ma chambre ? Je suis le major McCollum. »

Son aplomb me coupe le souffle. Le corsetage de son buste doit bloquer l'accès de son sang au cerveau. Je ne me donne plus la peine de cacher l'antipathie qu'il m'inspire, et qui commence à se nourrir d'un soupçon de jalousie de ma part.

« Vous vous trompez d'interlocuteur, lui dis-je. L'intendant ce n'est pas moi, c'est l'autre ! Il va vous conduire à votre chambre. »

Le butor insiste :

« J'ai besoin de le savoir. Le règlement impose que ma chambre soit située à côté de celle de la Princesse, pour des raisons de sécurité.

— Il n'y a pas de problèmes de sécurité à l'intérieur du château. La surveillance est assurée à l'extérieur. » Et je m'adresse à l'intendant Fleuret : « Pouvez-vous, s'il vous plaît, conduire le major à sa chambre ? »

Pendant que je regarde leur petit cortège parcourir la galerie en direction d'une chambre située à son autre extrémité, avec vue sur la cour, Patricia est rentrée dans son appartement où elle doit se préparer pour sa promenade à cheval. Je lui parle à travers la porte entrebâillée :

« Je vais vous laisser un moment pour rejoindre les chasseurs. Les chevaux vous attendent dans la cour, et un garde forestier qui est un bon cavalier vous accompagnera. Il serait bien que vous soyez de retour vers cinq heures, quand nous prendrons un goûter de fin de chasse. Après cela nous serons libres pour parler et pour dîner. »

J'entends sa voix qui me répond comme si elle sortait d'une cavité. Elle doit être dans la salle de bains.

« Je serai rentrée pour cinq heures. À tout à l'heure ! »

En longeant la galerie j'ai regardé par la fenêtre pour m'assurer que tout était prêt pour la promenade. Les chevaux dansaient d'impatience. Ils m'ont paru superbes, racés, avec de fines jambes nerveuses, mais je ne suis pas un connaisseur. Les palefreniers les tenaient deux par deux, après les avoir fait descendre d'un van militaire, qui restait garé dans l'angle de la cour. Comme je n'étais pas sûr de la qualité des chevaux du domaine et que je connaissais les exigences fanatiques des Britanniques à ce sujet, j'avais demandé qu'on fasse venir des montures de Saumur. Il y en avait quatre, alezan foncé, qu'inspectait le garde forestier, après qu'ils eurent été sellés. Mon aide de camp accompagnera la Princesse, et sans doute aussi le sinistre major.

Je m'éloigne de la fenêtre, me détachant à regret de ces préparatifs, ponctués par le jeu des jambes des chevaux, et les gestes appliqués des palefreniers, dans l'enceinte de la grille de la cour, et sous la voûte des premiers arbres de la forêt. On aurait dit une gravure animée.

*

Les chasseurs sont redescendus de leurs chambres, où ils ont repris leur tenue de ville, de manière à pouvoir repartir aussitôt après le goûter. Ils se tiennent alignés, le long du mur d'entrée de la salle à manger. Par l'immense fenêtre ouverte sur la pièce d'eau, on peut voir les gardes qui préparent le « tableau » de la chasse en alignant les faisans par rangs de dix, les coqs devant et les poules derrière, plus quelques canards qui ont eu le malheur de survoler les lignes de tir.

La Princesse de Cardiff fait son entrée, précédée de l'intendant. Elle porte un tailleur noir, avec une longue jupe. Les invités rectifient leur attitude. Je les présente un par un, en détaillant leur fonction et leur mérite.

Elle reconnaît un des généraux, qui a été en poste à l'ambassade de Londres, et dit un mot aimable au vice-président du Sénat. Elle adresse un sourire à chacun, et lorsque Jean de Bonnin, qui a réussi de superbes performances au tir des oiseaux, avance les deux mains pour prendre la sienne, elle effectue une habile dérobade en se contentant de saisir sa main droite. Nous gagnons nos places autour de la table.

La Princesse de Cardiff préside en face de moi. Elle peut regarder la pièce d'eau et un grand morceau de ciel, et elle est entourée des deux ambassadeurs. La conversation est difficile car on ne peut s'adresser qu'à ses voisins, tant la table est large. C'est seulement aux extrémités que les rires fusent, car les invités doivent sans doute se raconter des histoires de chasse.

Il s'agit d'un goûter, présenté sur des plateaux qui contiennent des petits fours, des sandwichs, des croissants, et deux grandes tartes aux pommes, et aux myrtilles. Les maîtres d'hôtel servent du thé et du café, et proposent du vin rouge de Saint-Émilion, sous l'œil vigilant de l'intendant Fleuret. Je bois un verre de vin. J'ai hâte qu'ils soient partis.

Après une heure enfin, Patricia interrompt la conversation avec ses voisins, et regarde des deux côtés, comme pour donner un signal. Je l'interprète en me levant de table. Les invités disparaissent à la file après avoir pris congé. Les bruits s'éteignent successivement, celui des assiettes qu'on range, puis celui des grincements des démarreurs des autos suivis du ronronnement affaibli des moteurs. Par la fenêtre on aperçoit les gardes qui ramassent les derniers oiseaux du tableau.

Le décor s'est envolé. Je reste seul avec Patricia.

C'est toujours la même sensation d'étrangeté que j'éprouve lorsque je passe d'un lieu à un autre, d'une gare vers le trottoir où l'on attend les taxis, ou, à l'inverse, d'un parvis vers l'intérieur d'un grand monument sombre, telle une cathédrale. Cette étrangeté force tous mes sens à s'ajuster, les yeux pour ne pas être ébloui ou aveuglé, les sons pour m'adapter à la cavité – grande ou petite – environnante, et même la manière de marcher, comme si les pas cherchaient à trouver leur équilibre. En quelques instants Rambouillet a changé de volume et de sonorité. Plus de grandeur excessive, plus de claquements de portes ni de fenêtres. C'est une belle maison, plutôt silencieuse, avec des couloirs où l'on ne croise personne. Patricia revient de son appartement, et je la conduis, en lui prenant la main, vers la pièce que je préfère.

C'est le salon où nous pourrons attendre tranquillement le dîner, dans une heure ou deux.

Nous avons suivi le grand corridor qui part du vestibule et mène à l'enfilade des salons de l'aile ouest, face à la forêt. C'est une succession de trois belles pièces, qui se termine par un petit salon, dont les fines boiseries sculptées s'inspirent des fables de La Fontaine.

Nous nous sommes arrêtés dans la première d'entre elles, vaste et carrée. Quelques tapisseries des Gobelins représentant des scènes de chasse en ornent les murs. Contre l'un d'entre eux, un canapé fait face à un demi-cercle de fauteuils.

Patricia s'installe dans le canapé, et s'appuie contre l'un de ses accoudoirs. Je prends un fauteuil, que je rapproche d'elle.

« Enfin, me dit-elle, nous sommes tranquilles ! Nous allons pouvoir parler ! Mais vous ne trouvez pas que c'est un peu sombre ici ? »

C'est vrai. Les boiseries de chêne teint ont noirci. Les grandes frondaisons des arbres retiennent la lumière. Et les tapisseries elles-mêmes, qui décrivent des châteaux royaux, assombrissent la pièce.

L'intendant Fleuret a déposé sur la table un plateau qui porte une théière et des tasses, teintées de l'inévitable bleu foncé de Sèvres.

« Pourriez-vous nous donner un peu de lumière ? » lui dis-je. Il fait le tour de la pièce en allumant chacune des lampes, puis repart vers l'office.

« C'est beaucoup mieux ainsi, me dit Patricia. Je réussis à vous apercevoir, mais ne restez pas piqué sur ce fauteuil. » Elle me montre de la main une place sur le canapé, à côté d'elle. « Cela n'a pas été facile de venir ici, ajoute-t-elle. Si je n'avais pas insisté, vous ne m'auriez jamais invitée ! »

C'est un reproche qu'elle m'adresse, mais un reproche exprimé d'une voix calme, avec un sourire dans les yeux, l'un de ces reproches que l'on entend sans déplaisir.

Patricia s'est tournée vers moi. Malgré son éclairage, la pièce s'efface dans l'insignifiance. Il n'y reste plus qu'un petit espace, un lieu de confort et d'intimité, où nous nous installons tous les deux.

Je cherche à la contredire, sans beaucoup de conviction.

« Vous êtes injuste. C'est moi qui vous ai adressé cette invitation !

— Ne vous défendez pas ! C'est vrai que vous m'avez invitée, mais c'était ce qu'on appelle, je crois, la carte forcée. Mais c'est désormais sans importance, puisque nous nous retrouvons ici. Il n'y a pas de micros derrière ces tapisseries ?

— Je ne crois pas. Et s'il y en a jamais eu, ils doivent être maintenant hors d'usage. Il n'y a pas de caméras non plus ! »

Et je lui prends la main, que je caresse. On écrit parfois que cette main, « on vous l'abandonne ». Elle ne me l'abandonne pas, elle me la donne. Elle s'installe dans la mienne, et joue, à gestes calmes, avec elle.

« Cela a été long d'en arriver là, mais je me sens très bien ici, me dit Patricia. Il me semble parfois que le temps avance avec des vitesses différentes. Pour le moment il avance à peine ; il est presque arrêté. Ressentez-vous le poids de votre fonction ?

— Il existe moins de contraintes qu'on ne le pense. En fin de semaine, je suis le plus souvent tranquille. Les médias ont cessé de s'intéresser à mes week-ends. Je les passe dans la propriété que mes parents m'ont laissée, en Normandie. Et pendant la saison, je chasse ici et à Chambord.

— Ce n'est pas ce que je veux savoir, poursuit-elle. Cette fonction, cette vie en perpétuelle représentation, ces réunions dont la moitié au moins ne sert à rien, vous n'en êtes pas excédé ? Pour moi, en Grande-Bretagne, je ne le supporte plus. À part quelques activités sociales, je ne sers à rien. Je fais de la figuration dans un spectacle particulièrement fastidieux, entourée d'une famille proche qui me fait la tête. J'ai l'impression que mon langage vous choque, mais il faut commencer à nous parler simplement.

— La moitié de nos réunions n'est pas vraiment inutile, même si les résultats sont décevants. Nous évitons certains affrontements, et nous rapprochons parfois nos points de vue. Quant aux spectacles, ils m'ennuient autant que vous, mais les vôtres sont meilleurs que les nôtres !

— Pour les costumes, c'est vrai, surtout dans les grandes funérailles ! Mais j'aime bien vos parades. J'ai assisté une fois à Paris avec mon mari au défilé du 14 Juillet, qui m'a paru brillant et joyeux. »

Patricia a fini sa tasse de thé. Dans le clair-obscur de ce salon de chasse, son visage paraît lumineux.

« Pouvez-vous me laisser un peu de place ? me demande-t-elle. J'ai envie de m'étendre. »

Je m'écarte sur le bord du canapé, et elle prend ses genoux à deux mains pour les faire passer derrière moi. Elle s'installe sur le côté, en lissant les plis de sa jupe.

« Je ne parle pas uniquement des fonctions représentatives, mais aussi de vos activités, de ce que vous appelez votre travail. À l'évidence, vous vous y consacrez pleinement. C'est assez touchant à observer. Mais croyez-vous vraiment que cela serve à quelque chose, que cela change la vie des personnes dans les petites villes françaises ? Excusez-moi si je m'exprime mal et si je vous dis tout cela en anglais.

— Non, vous parlez très bien ! Je ne suis pas certain que cela change grand-chose, mais quand même un petit peu. D'ailleurs la preuve, c'est que lorsque les choses vont mal, on le reproche aux dirigeants. S'il y a du mieux, ils y ont peut-être leur part. C'est en tout cas ce que j'essaie de faire. »

Je me suis tourné vers elle pour la regarder en face, et, comme elle est allongée, j'ai posé ma main sur le haut de sa jambe. Je la sens bouger sous la transparence du tissu.

« Vous me répondez habilement, Henri. Je comprends que vous ayez réussi en politique ! Mais je voudrais voir si vous êtes aussi à l'aise sur d'autres sujets. J'ai une question à vous poser. »

Elle marque un temps d'arrêt. Son visage se rapproche un peu du mien. Elle appuie sa main sur la mienne, qui est posée sur sa jambe, comme une superposition de caresses.

« Quelle est cette question, Patricia ? »

Elle prend son temps, comme pour en évaluer elle-même le pour et le contre.

« Pensez-vous que deux personnes comme vous et moi peuvent s'aimer ?

— Que voulez-vous dire par “ comme vous et moi ” ?

— Ne faites pas l'imbécile, reprend Patricia ; (traduit de l'anglais). Cela veut dire deux personnes dont l'une affirme être Président de la République française, et l'autre Princesse en Grande-Bretagne. Peuvent-elles vraiment s'aimer, ou est-ce tout simplement ridicule ? Répondez-moi ! »

Je caresse lentement sa jambe, et sa main accompagne la mienne. Je redoute de voir surgir dans l'entrebâillement de la porte le malheureux Fleuret, revenu chercher le plateau de thé, ou pire, l'indiscret major McCollum qui rôde quelque part dans le dédale du bâtiment.

« Oui, Patricia, je crois que c'est possible », lui dis-je.

*

Nous avons dîné dans la petite salle à manger. La maison était silencieuse. Quand nous nous sommes installés, le major McCollum attendait dans le corridor.

« Je lui demande quelquefois de dîner avec moi, quand je suis seule, me glisse Patricia. Mais il n'est pas question qu'il reste assis près de nous, à tendre l'oreille.

— J'ai une bonne surprise pour lui », dis-je. Et je fais un signe à l'intendant : « Pouvez-vous conduire le major dans la salle à manger des aides de camp ? Le lieutenant-colonel Anterroche s'occupera de lui. » Et je cesse de me préoccuper de ce personnage encombrant.

Patricia s'était changée pour le repas. Elle était absolument superbe dans une robe noire sans épaules, qui s'arrêtait aux genoux, et s'accompagnait d'une longue ceinture du même tissu, flottant sur le côté, dans le ton de la haute couture britannique. J'admirais son collier à double rang de perles, fermé par un camée entouré de petits diamants. Je ne me sentais pas à la hauteur, mais le valet de chambre, Herbert, qui pensait à tout, m'avait préparé, étalé sur le lit, un costume gris foncé, à fines rayures blanches.

Nous avons parlé de ses activités.

« Je ne peux pas me contenter de faire de la figuration. Je voudrais mettre ma célébrité médiatique au service de quelques causes. C'est ainsi que j'ai milité, comme vous le savez, contre l'emploi des mines antipersonnel. Ce sont des engins horribles. Ils vous explosent sous les pieds, sans que vous puissiez les voir, et vous arrachent la jambe. Vous restez infirme toute votre vie, si même vous réussissez à survivre. J'ai essayé de les faire interdire, ou plutôt j'ai appuyé les efforts de ceux qui voulaient les faire interdire par les Nations Unies. Le principal obstacle est venu des États-Unis à cause du no man's land entre les deux Corée, qu'ils voulaient rendre infranchissable. »

Patricia est passionnée par son récit. Je me garde de l'interrompre. Elle parle de ceux qu'un accident ou une maladie a privés de leur mobilité, et qui croupissent au fond d'un taudis sans lumière. Il faudrait, me dit-elle, leur distribuer des fauteuils roulants simplifiés, comme a entrepris de le faire une fondation américaine, et cela suffirait à leur changer la vie.

Le service du dîner continue. L'intendant Fleuret et son maître d'hôtel vont nous apporter le dessert.

« J'espère que je ne vous ennuie pas, me demande Patricia. Vous paraissez m'écouter, et ce sont des causes importantes, auxquelles j'aimerais que vous

vous intéressiez. Je ne suis pas sûre d'être efficace, mais je réussis, je crois, à convaincre l'opinion. Au moins une partie de l'opinion », poursuit-elle avec un sourire.

Soudain Patricia change de ton.

« Il faut que vous sachiez que je suis une personne compliquée, plutôt difficile, et souvent changeante. Ne vous laissez pas trop abuser par mon apparence d'ancienne girl-scout, de cavalière, ou de top-model pour concerts royaux. Je suis tout cela, mais il faut vous attendre à ce que j'aie un caractère difficile. D'ailleurs mes amis vous le diront ! Je suis rarement satisfaite de ce que je suis. J'aime bouger et changer. Et surtout, surtout, comme je vous l'ai dit, j'ai besoin qu'on m'aime. Pas d'eau tiède. Qu'on m'aime vraiment, comme une algue agrippée à un rocher. C'est pour cela que je vous ai posé ma question : " Pensez-vous que deux personnes telles que vous et moi peuvent s'aimer ? " C'est à peu près ce que je vous ai demandé à l'ambassade à Paris, n'est-ce pas ? »

La table une fois desservie, le personnel est reparti. Nous restons seuls. Je regarde Patricia de l'autre côté de la table, pendant qu'elle monologue. Sa robe ne cache rien de ses épaules. Elle est accrochée à mi-bras par deux bandes du même tissu. Je vois sa peau lisse, le départ de ses bras jusqu'aux aisselles, son cou sans plis, mais pas très long. Une beauté parfaite. Comme tout le monde, j'ai vu beaucoup de photos d'elle, mais elle est encore plus belle, beaucoup plus belle que ses images. Et il s'y ajoute ses yeux. Ils sont bleus, mais pas d'un bleu de porcelaine, ni ce qu'on appelle un bleu foncé. C'est une couleur singulière, qu'on ne voit nulle part, sauf peut-être en Méditerranée, tôt le matin, quand la mer n'est pas encore frisée par le vent.

« Vous ne me répondez pas, vous avez l'air absent. Peut-être que vous cherchez vos mots, me dit-elle.

— Non, je vous regardais. Dieu sait que je vous ai déjà regardée. Mais j'étais encore surpris de découvrir votre beauté.

— J'ai fait des efforts pour vous. Mais croyez-vous que vous pourrez m'aimer, ou plutôt que nous pourrons nous aimer ? »

Maintenant je cherche mes mots en effet, car je veux m'efforcer d'être véridique.

« Patricia, ce n'est pas un jeu pour moi. Je ne cherche pas à inventer une réponse. On ne peut pas être plus belle que vous, et j'aime découvrir, à petits pas, ce que vous êtes. Mais je ressens comme vous l'existence d'un obstacle, d'un je ne sais quoi d'insurmontable. Ce n'est pas ma fonction, ce n'est pas non plus votre rang, c'est peut-être l'addition des deux. »

Patricia éclate de rire. Elle pose ses mains à plat sur la table devant elle. « C'est une trouvaille, l'addition des deux ! C'est aujourd'hui que vous vous en apercevez ! » Elle se lève, et en deux enjambées fait le tour de la table. Elle reste debout contre mon fauteuil. « Je ne croyais pas qu'en France on pouvait avoir l'esprit si lent. Vous découvrez seulement maintenant ce que nous sommes. Je pensais que vous le saviez déjà quand vous avez pris ma main dans le train ! »

Et elle s'assied à demi sur l'accoudoir de mon fauteuil. Je passe mon bras autour de la taille de sa robe noire.

« Ce n'est pas très confortable, lui dis-je, et je ne garantis pas la solidité du fauteuil ! Allons ailleurs. »

Nous entrons dans la pièce voisine, qui me sert de bureau. Elle ouvre sur une fenêtre, mais c'est maintenant l'épaisseur de la nuit qui s'appuie sur la vitre. On a installé une table, sur laquelle sont posés des téléphones, dont l'appareil qui relie à la ligne directe de l'Élysée. Contre le mur du fond se trouve un grand canapé de cuir vert, hérité du garde-meuble de mes prédécesseurs. Je l'utilise pour lire les journaux, ou les dossiers que j'emporte avec moi.

« Venez vous asseoir, dis-je à Patricia, nous serons mieux pour parler. »

Elle s'installe, et me regarde avec un geste auquel je commence à m'habituer, la tête penchée de côté, et les pupilles tournées dans l'angle des paupières.

« Vous m'avez dit que vous avez besoin qu'on vous aime. Qu'est-ce que cela signifie exactement ?

— C'est vous qui commencez à me poser des questions ! Cela va mieux ! Ce que je vous ai dit est simple. Je vis seule, et je ne supporte pas d'être seule. Je vais vous raconter ce qui m'est arrivé avec la Reine Victoria II. Je vous en ai déjà parlé. Une dizaine de jours avant mon mariage, mon futur mari est venu me dire qu'il avait une maîtresse, et qu'il était décidé à poursuivre ses relations avec elle après notre mariage.

J'étais encore très innocente, ce que vous appelez, je crois, une oie blanche. J'ai été horrifiée, et j'ai demandé à aller voir la Reine pour lui dire que dans ces conditions je refusais le mariage, et qu'il fallait tout annuler. Elle m'a répondu qu'elle me comprenait, et m'a demandé de revenir la voir le lendemain. Là, elle m'a déclaré que cela était totalement impossible, à quelques jours de l'événement. Le trouble de l'opinion, le dommage fait aux institutions de la Couronne, seraient dévastateurs. Je l'ai sentie réellement bouleversée. Devant son insistance, j'ai fini par céder. Quand mon mari était présent, il s'occupait très peu de moi, mais enfin il était là. C'était une solitude habitée ! Et puis il y a eu les deux enfants, James et Mary. J'y suis très attachée, et j'en ai pris soin quand ils étaient petits. Mais ils étaient entourés de toute une population de nannies et de gouvernantes. Maintenant ils sont en pension, et ils partagent leur temps entre leur père et la famille royale, surtout leur grand-mère qu'ils adorent. Je les reçois chez moi toutes les deux semaines. Le reste du temps je dois vivre seule, et je ne le supporte pas. Vous avez dû lire bien des choses dans la presse à ce sujet.

— La presse française en parle peu, lui dis-je, pour éviter de la heurter.

— Ne soyez pas trop délicat, reprend Patricia, en souriant de côté, et en guettant mes réactions avec ses yeux bleuis sous les cils. On me prête beaucoup d'amants, et c'est excessif. D'ailleurs je les choisis mal. Au début je les ai pris dans mon entourage proche, parce que c'était la manière la plus simple de rompre ma solitude. Mais ils n'avaient pas beaucoup d'intérêt, à part un ami, qui s'est affolé à cause de ma situation – un peu comme vous –, qui avait peur que je l'appelle trop souvent au téléphone, et qui s'est éloigné malgré la tendresse que j'éprouvais pour lui. Ensuite je me suis intéressée à des hommes, un ou deux, qui appartenaient à des milieux différents, même sportifs, et auxquels je prêtais de fortes personnalités. Ils m'ont accompagnée quelques fois dans mes voyages ou dans mes missions. Mais cela n'a pas duré. J'ai réalisé qu'ils étaient flattés de se montrer avec moi, mais qu'en réalité ils n'attachaient pas d'importance à ce que je pouvais penser, que j'étais une belle fille et une Princesse, et qu'il ne fallait rien en attendre d'autre. C'était une comédie qu'ils me jouaient, il n'y avait que leur " ego " qui comptait pour eux ! Quand je m'en suis aperçue, j'en ai changé. Peut-être aussi que j'aime le changement. Pourtant, je vous l'ai dit, j'ai besoin qu'on m'aime, j'ai désespérément besoin qu'on m'aime. »

Patricia s'est tournée vers moi. J'essaie de saisir le sens exact de ce qu'elle me dit. J'aime beaucoup la pièce où nous sommes, ses dimensions modestes, sa sobriété en harmonie avec le monologue dont elle me fait le témoin.

En même temps je sens poindre l'aiguillon d'un dénouement. Nous ne pourrons pas en rester indéfiniment à ces échanges de semi-confidences. La question que me pose Patricia me met en face de moi-même. Tout m'a charmé en elle. J'ai goûté l'acidité chimique de sa présence, de ses genoux, de ses mains. Mais ai-je l'envie, l'intention de recevoir et de donner plus, ou bien suis-je prêt à me contenter de figurer dans la liste des « fortes personnalités » à l'ego enflé et décevant ?

Je reste silencieux. Patricia semble lire en moi comme à livre ouvert, et elle attend une conclusion.

Je dois m'avouer, non sans embarras, que nous ne parlons pas de la même chose, et même, honte pour moi !, que nous ne nous situons pas au même niveau. J'en suis encore à cette étape que Stendhal appelait « l'amour-goût ». Patricia, elle, est ailleurs, bien au-dessus, malgré son apparence semi-ironique, et sa main qui joue avec la longue écharpe de sa robe, ramenée sur ses genoux. Elle exprime un besoin, et même une demande vitale, celle d'être reconnue pour elle-même, et d'inspirer un désir d'elle, avide et global, plus impérieux que la soif. « J'ai besoin d'être aimée. »

Curieusement, dans cette interrogation difficile, où je n'ai pas le beau rôle, une petite lumière fait son entrée par une lucarne de côté : je découvre que je suis habité par une nouvelle tendresse qui recouvre le simple agrément, confortable et facile, de ma rencontre avec la belle Patricia. Ce sentiment danse comme une petite flamme sous les feuilles, quand on allume un feu. C'est une tendresse pour Patricia, assise devant moi dans sa robe noire, avec ses superbes épaules, encore parées d'une grâce adolescente, et l'arrivée de loin de son besoin d'être aimée. Je me sens plus frais, plus jeune, plus amoureux.

« Vous allez continuer longtemps à réfléchir pour me dire oui, ou non ? m'interroge Patricia. D'ailleurs ce n'est pas exactement ma demande. Je vous ai dit que j'ai besoin d'être aimée, de me savoir aimée, follement et en toute sécurité, ce qui vous paraîtra bizarre. Je l'ai dit à d'autres, qui m'ont mal répondu. Je le dis à vous, non pas à cause de votre fonction, qui ne m'intéresse pas du tout, et qui ne peut nous créer que des ennuis, mais à cause de ce geste innocent que vous avez eu, naïf et amoureux, d'avoir caressé ma main sous la table. Peut-être à ce moment-là avez-vous cherché à répondre à mon besoin d'être aimée… »

Je me rapproche de Patricia, et me penche en avant. Je prends ses mains dans les miennes, en écartant sa longue écharpe.

« Je suis heureux que nous parlions ainsi, lui dis-je. Vous êtes plus directe que moi. Je reste prisonnier de mes préjugés, de mes habitudes, qui sont tenaces. J'imaginais de n'en sortir que pour le temps d'une escapade. Vous êtes si belle et si attirante que je n'ai rien vu d'autre et que je me contentais de cela. Maintenant je commence à vous regarder différemment.

— Dépêchez-vous, Henri, j'aime ce qui dure, mais je n'aime pas ce qui est trop lent ! »

*

Nous avons changé de sujet, car nous tournions en rond. Nous avons bavardé pendant près d'une heure sur les thèmes du moment. Vaguement la politique, à l'approche de l'élection présidentielle aux États-Unis, où elle souhaite la réélection du Président Hopkins, puis l'évocation de ses quelques amis français. Elle me raconte longuement le voyage qu'elle vient de faire en Inde, et m'annonce qu'elle va partir dans deux jours en Afrique de l'Est, au Kenya, puis en Tanzanie, avant de terminer au Cap. L'objet de ce voyage est de présider une conférence médicale sur l'éradication d'une maladie, dont je n'ai pas saisi le nom, qui s'attaque aux yeux, notamment ceux des enfants, et qui se transmet par l'eau. Elle est très heureuse, me dit-elle, car elle a obtenu d'y être accompagnée par son jeune fils James, du moins pendant la première partie du voyage, parce qu'il devra regagner son collège. Elle m'interroge sur les activités de mes deux enfants. Elle a lu dans la presse que l'aîné, François, faisait son service militaire. Le plus jeune, Jean, lui dis-je, aimerait être admis à la Wharton Business School à Philadelphie.

« Viennent-ils souvent vous voir à l'Élysée ? » me demande-t-elle, puis elle s'interrompt, et jette un regard furtif à sa montre, en cerclant son poignet de deux de ses doigts. « Mais il est tard ! s'exclame-t-elle. Je vous retiens trop longtemps ! »

Elle se lève. Nous n'avons pas touché à la carafe de jus d'orange ni à la bouteille d'eau minérale, que l'intendant Fleuret avait déposées sur ma table.

« Je vais vous raccompagner, lui dis-je.

— Oui, montrez-moi le chemin. Je ne comprends rien au plan de cette maison. »

Nous empruntons le détour par la galerie. En

passant près de l'escalier, je remarque que la porte de l'appartement du major est restée entrebâillée.

Pendant que nous longeons la galerie, Patricia m'interroge : « Mais vous, où habitez-vous ?

— De l'autre côté de votre appartement, en face du jardin », lui dis-je. Et j'ajoute soudainement, sans penser : « Je viendrai vous dire bonsoir tout à l'heure. »

*

J'ai enlevé ma cravate, et je me suis étendu sur mon lit, un lit gigantesque à la monture de bois doré. Je me suis efforcé de lire. C'était, bien à propos, une biographie compacte de Winston Churchill, que m'avait envoyée son auteur.

Après vingt minutes, je me suis relevé, j'ai enfilé mes mocassins, et je suis parti, le cœur serré plutôt que battant, en direction de l'appartement de Patricia. Il est tout proche. Ma chambre n'en est séparée que par deux pièces à destination vague, des antichambres ou des vestibules, faiblement éclairées par des lueurs venues de leurs fenêtres. Je me suis avancé sans bruit jusqu'à la porte qui donne sur la galerie, pour la fermer. Par chance, la clé était dans la serrure. Puis je suis revenu vers la porte de la chambre de Patricia. Il y avait un rai de lumière filtrant sous le vantail. J'ai frappé, et j'ai entendu une voix qui me disait, en anglais, que je pouvais entrer. J'ai ouvert, et je me suis avancé. J'avais préparé ma phrase : « Je suis venu vous dire bonsoir. » Je n'ai rien dit.

Patricia était en train de lire, adossée à un grand oreiller. Son visage s'est tourné vers moi. Ses genoux étaient relevés pour y appuyer son livre, et elle avait tiré les couvertures vers elle. J'ai aperçu un triangle, je me souviendrai toujours de ce triangle, qui faisait dans la pièce une tache claire. Il était fermé en bas par le matelas du lit, et en haut, par les draps tirés. Et dans ce triangle, les jambes de Patricia à la peau claire, sur lesquelles le tissu blanc de sa chemise avait glissé.

Elle a posé son livre, et fait un signe de la main pour me montrer la place vide à côté d'elle.

Je n'en dirai pas plus, je ne livrerai aucun détail, ni combien, ni comment. D'ailleurs je ne saurais pas le faire. Je me souviens seulement d'une immense douceur de peau tiède, et d'avoir été envahi par ce flot de tendresse que j'avais senti venir en fin de journée qui s'est transformé en un océan dans lequel, les doigts et les mains écartelés, je noue et dénoue, entre Patricia et moi, les filets du bien-être et du désir.

*

Lorsque j'ai été réveillé par la lumière de la petite aube, Patricia dormait encore. Elle me tournait le dos, sa respiration était un souffle léger et régulier. Son bras nu s'allongeait sur la blancheur du drap, les doigts écartés. Je me suis efforcé de me lever sans bruit, et de marcher sur le tapis pour éviter les craquements du parquet, puis j'ai fermé silencieusement la porte derrière moi. J'entendais toujours le rythme de sa respiration.

*

Quand l'intendant Fleuret était venu apporter les boissons de l'après-dîner, il avait interrogé la Princesse sur ses souhaits pour le petit déjeuner. Du thé de Chine, des toasts, de la marmelade d'orange, et des œufs brouillés accompagnés de bacon, ainsi que d'un yoghourt maigre, avait-elle répondu, en demandant qu'on le lui apporte pour neuf heures.

J'avais indiqué à Fleuret que je m'en tiendrais à mes habitudes : huit heures et demie, dans mon bureau, avec les journaux du matin. Ainsi pourrais-je saluer Patricia à son départ.

Or, lorsque je suis entré dans mon bureau, la maison était complètement silencieuse. Par la fenêtre on apercevait au-dessus du grand étang la voûte calme d'un ciel qui annonçait l'automne. Fleuret attendait derrière la porte. Je lui ai demandé s'il allait apporter son petit déjeuner à la Princesse de Cardiff.

« C'est déjà fait, Monsieur le Président. Elle est partie.

— Pourquoi dites-vous qu'elle est partie ? À quelle heure ? »

Je ne réussis pas à dissimuler ma stupeur.

« Vers huit heures, me dit-il. Elle m'a appelé au téléphone tôt ce matin pour me demander d'avancer son petit déjeuner à sept heures et quart. Je l'ai servi moi-même car le personnel n'était pas encore en tenue. Une voiture de l'ambassade est venue la chercher, elle et son aide de camp. Le protocole britannique nous a demandé une voiture pilote pour la conduire jusqu'à Villacoublay. J'ai fait appel à la gendarmerie. »

Je n'ai pas entendu le départ de ce cortège, me dis-je, car ma chambre donne de l'autre côté du château.

« Vous a-t-elle chargé d'un message pour moi ? ai-je demandé à l'intendant Fleuret.

— Elle m'a demandé de l'excuser auprès de vous, et de vous dire qu'elle avait besoin d'arriver tôt à Londres, pour préparer son départ en Afrique.

— Merci, Fleuret », lui dis-je.

J'ai la gorge serrée. Je regarde par la fenêtre l'automne pâle et pur, qui ne me répond rien. Et je m'assieds, pour ouvrir les journaux.

*

Le trajet de retour à l'Élysée a été rapide. Après le déjeuner j'ai présidé un Conseil restreint sur la formation professionnelle, domaine où nous avons un retard considérable à rattraper sur nos concurrents allemands, puis j'ai regagné mon bureau.

« Vous avez eu un appel du Palais de Buckingham, m'annonce ma secrétaire. On vous demande de rappeler.

— Cela doit être la Princesse de Cardiff. Pouvez-vous essayer de la joindre ? »

Quelques minutes d'attente ; sonnerie de téléphone, puis la voix d'un standardiste britannique.

« Monsieur le Président ? Je vais vous mettre en communication avec la Princesse de Cardiff. »

Un déclic, puis la voix de Patricia.

« Henri, c'est Patricia. Je n'ai pas pu vous dire au revoir ce matin ; je suis partie trop tôt.

— Oui, je l'ai remarqué. »

Même si je m'applique à l'impassibilité, je ne peux pas empêcher ma voix de prendre un accent d'irritation, cette irritation qui m'envahit.

« Il fallait que je parte assez tôt pour arriver à Londres au début de l'après-midi, car il me reste beaucoup à faire avant de m'envoler pour l'Afrique.

— C'est ce que m'a dit l'intendant de votre part, mais j'aurais préféré que vous me préveniez. »

Le ton de la voix de Patricia s'éclaire :

« Mais vous êtes aussi parti ce matin sans me prévenir ! me dit-elle. Les hommes croient toujours qu'ils sont les seuls à avoir le droit de partir. J'ai voulu vous prouver le contraire. Mais ne parlons plus de ces départs. Je dois vous donner le numéro de ma ligne de téléphone directe. Avez-vous de quoi écrire ? C'est plus commode que de passer par le standard de Buckingham. Et donnez-moi aussi votre numéro. »

J'écris sous sa dictée : 44 et la suite.

« Pendant mon voyage en Afrique, vous pourrez essayer de m'appeler. J'aimerais avoir de vos nouvelles autrement que par la presse, qui ne doit pas beaucoup parler de vous en Afrique de l'Est, ajoute-t-elle sur un ton de malice. Ce ne sera pas facile, car je serai presque toujours en représentation, mais vous pourrez essayer !

— J'essaierai, mais j'aimerais vous revoir à votre retour. À propos, j'ai quelque chose à vous dire avant que je ne l'oublie.

— Dites-le moi !

— Je vous aime, Patricia. » Je baisse la voix, comme si cette précaution nous mettait à l'abri des oreilles indiscrètes branchées sur le circuit.

« Vous n'avez pas beaucoup de mémoire, Henri, me répond-elle. Vous pourriez faire l'effort de vous en souvenir ! » Elle respire un instant. « J'aime que vous m'aimiez », me dit-elle. Et elle raccroche.

VIII

LA TORNADE

Je n'ai pas vu venir la tornade. Elle m'a saisie par surprise, vers dix heures moins le quart, à mon bureau. J'étais arrivée à l'heure, en venant de la station de métro Miromesnil, qui est la plus proche de l'Élysée, et comme chaque matin j'ai jeté un coup d'œil sur les titres des journaux parisiens. Pas grand-chose, ce jeudi 23 octobre. Avant d'entrer dans le détail et de lire les pages intérieures, je mets en pile les journaux de la veille, qui seront découpés pour les revues de presse.

J'entends le téléphone sonner dans le bureau de ma secrétaire. Il est contigu au mien, et les deux réunis ne feraient même pas une grande pièce. Franchement, je pense que le service de presse pourrait être mieux logé à l'Élysée, mais le Président, qui est un homme d'apparence austère, ne paraît pas s'en soucier.

« C'est Madame Delattre qui appelle de Londres. Elle voudrait vous parler. »

Anne-Sophie Delattre s'occupe des relations avec la presse à l'ambassade de France en Grande-Bretagne.

Elle a été en poste à l'Élysée, du temps du Président précédent, et nous avons de bons rapports. Elle me tutoie.

« C'est toi, Anne ? me dit-elle, d'une voix qui paraît essoufflée. As-tu lu les journaux du matin ?

— Je les ai parcourus en arrivant au bureau. Il n'y a pas grand-chose.

— Ici, c'est une tempête. Tu n'as pas encore lu les journaux anglais. On met en cause le Président Lambertye et la Princesse de Cardiff. Tu connais la presse britannique. Ils y vont fort. Le Morning Telegraph *a un titre de première page que je te traduis : "La Princesse de Cardiff a passé la nuit dans le château du Président français."*

— Je crois que j'aurais pu traduire toute seule ! Mais c'est exact : la Princesse de Cardiff est venue assister à une chasse à Rambouillet le week-end dernier.

— Les journaux sont pleins de détails. Ils paraissent très bien renseignés. Les chasseurs ont quitté le château vers six heures de l'après-midi. La Princesse est restée seule. Elle a dîné en tête à tête avec le Président. Et elle n'est repartie que le lendemain matin.

— Que veux-tu que je te dise ? Je n'en sais rien. Je n'étais pas à Rambouillet.

— Je suis assaillie de questions. On me demande de confirmer ou de démentir. Je ne sais pas quoi répondre. Jusqu'ici le Palais de Buckingham n'a fait aucun commentaire, et la Princesse de Cardiff est partie pour l'Afrique !

— Écoute, je vais interroger le Président pour savoir ce qu'il souhaite que je dise et je te rappelle.

— Rappelle-moi vite ! »

★

J'ai demandé au secrétariat si le Président pouvait me recevoir. Dans une demi-heure, m'a répondu sa secrétaire, si le sujet est important.

Dans l'intervalle, j'ai commencé à regarder les premières éditions des journaux du soir. Il n'y a rien sur Rambouillet. Mais si ! Dans France-Soir, *un titre en première page : « Tempête à Londres », puis suit le texte de l'article du* Telegraph. *Au même moment le téléphone sonne à mon secrétariat. « C'est le correspondant de l'AFP », me dit ma secrétaire. « Répondez-lui que je ne peux pas le prendre, et que je le rappellerai dès que je serai libre. »*

Je sors dans le couloir, et monte au premier étage, en direction du bureau du Président. Sa secrétaire me demande d'attendre car il est encore en rendez-vous avec le président de l'Assemblée nationale. La porte s'ouvre, le visiteur s'éloigne, et je m'avance dans le bureau. Le Président se tient debout, près du seuil.

« Entrez, Anne, me dit-il. Vous avez demandé à me voir. Que se passe-t-il ?

— Il se passe que la presse londonienne est déchaînée à propos du séjour de la Princesse de Cardiff à Rambouillet. Elle est pleine de sous-entendus, qui vont être repris ici dans la presse du soir. »

Le Président semble indifférent à ces nouvelles, à peine intéressé.

« Quels sous-entendus ? me demande-t-il.

— Que vous avez renvoyé les autres invités, et que vous êtes resté seul avec elle, toute la nuit au château.

— C'est exact, me répond-il, à un détail près. C'était une chasse. Quand elle a été terminée, les chasseurs sont partis. La Princesse devait regagner Londres, et un avion venait la chercher dimanche matin à Villacoublay. Elle a attendu son avion.

— Qu'est-ce que je dois répondre aux journalistes ?

— Ce que je viens de vous dire. Et vous pouvez ajouter que je la remercie de sa visite, et que je serai heureux de la revoir si elle revient en France !

— Ce n'est pas trop, Monsieur le Président ? »

Il paraît très maître de lui, et esquisse un sourire en plissant les yeux.

« C'est trop, me répond-il, si on se met dans la logique de vos amis, ceux des journalistes qui aiment fureter dans les coins. Mais ce n'est pas trop, si on se contente de répondre à propos d'une invitation qui ressemble à bien d'autres ! »

C'est alors que je me décide à prendre un risque :

« Les détails que donnent les journaux britanniques montrent que quelqu'un a parlé, quelqu'un qui était présent dans la soirée au château. Peut-être faudrait-il joindre la Princesse de Cardiff, dont le voyage est suivi par une horde de journalistes qui vont sûrement lui poser des questions ?

— Je pense qu'elle répondra la même chose que moi.

Mais vous avez raison, il vaudrait mieux la joindre. Pouvez-vous vous en occuper ? Il ne faut pas dire que c'est moi qui l'appelle. Le mieux serait que vous entriez en communication avec l'attachée de presse qui l'accompagne dans son déplacement, s'il y en a une, et que vous lui demandiez d'interroger la Princesse pour savoir si elle souhaite me parler. Dans ce cas, vous organisez un rendez-vous téléphonique. Je vous remercie, Anne. »

Il se tourne et se rapproche de la fenêtre. Il reste immobile à regarder la pelouse. Je gagne la porte pour sortir sans bruit. Il semble toujours aussi calme, dans une posture qu'il affectionne, les mains jointes dans le dos. J'ai juste le temps de les apercevoir : on dirait qu'elles bougent, et que leurs doigts s'enlacent.

*

J'ai rappelé le Président une demi-heure plus tard, après avoir effectivement réussi à joindre Sarah Mathieson, l'attachée de presse de la Princesse.

« Elle m'a dit que vous ne pourriez pas parler à la Princesse pour le moment. Elle assiste à une réception au Mutaigha Country Club. Elle rejoindra ensuite la résidence de l'ambassadeur, et elle vous appellera, compte tenu du décalage horaire, vers sept heures, heure française.

— Vous pourriez lui suggérer... » commence le Président, et il s'arrête brusquement, sans doute pour éviter de me faire partager une confidence. Sa proposi-

tion devait porter, je suppose, sur les modalités de la communication, ou l'emploi d'une ligne directe.

« Merci, Anne, me dit-il, j'attendrai qu'elle me téléphone dans mon bureau. »

***

« Henri, c'est Patricia. Vous avez cherché à me joindre. »

Ce n'est pas Patricia que j'entends, mais un grésillement, comme si on secouait au bout du fil de petites billes de plomb dans une boîte de conserve. J'aime écouter ce bruit qui me rappelle mes expéditions lointaines d'autrefois, et mes tentatives infructueuses à l'époque pour appeler la France.

« Oui, Patricia, c'est moi. Vous m'entendez ?

— Pas très bien, c'est un téléphone protégé du Secret Service. Il est tellement protégé qu'on n'entend plus rien ! »

Je souris du bien-être d'entendre à moitié sa voix.

« Je voulais vous demander si vous étiez au courant des articles de presse concernant votre visite à Rambouillet.

— Évidemment oui ! Je suis accompagnée de journalistes qui ne me parlent que de cela. Ils ne s'intéressent même plus à mon voyage !

— Vous leur avez répondu ?

— Je leur ai dit que vous m'aviez invitée pour un week-end de chasse à Rambouillet, que c'était très réussi, et que je serais heureuse de revenir pour d'autres voyages en France. Est-ce que c'est bien ? Vous avez répondu la même chose ?

— Oui, pratiquement mot pour mot. Ils ont l'air d'avoir des renseignements sur la soirée.

— Ils savent beaucoup de choses sur les horaires. Il ne leur manque que de connaître le menu du dîner !

— On pourrait le leur donner, lui dis-je. Cela ferait un autre titre ! Mais visiblement ces informations viennent de Londres ; c'est en tout cas ce qu'écrivent les journaux français. Peut-être votre aide de camp a-t-il des choses à vous dire à ce sujet.

— J'ai bien vu que vous ne l'aimiez pas ! D'habitude il est très discret. À Rambouillet, il paraissait mal à l'aise. Il cherchait à s'imposer. Pour l'instant il est parti dans le Lincolnshire, où il s'occupe de gérer un domaine. Je le questionnerai à mon retour. D'ici là, il n'y a qu'à s'en tenir à nos déclarations. C'est votre avis ? Ou plutôt c'est ton avis, car j'ai décidé de te tutoyer en français, ce qui est un effort pour moi car je n'arrive pas à prononcer le “ tu ”.

— C'est vrai que le son que vous faites est bizarre. Mais en anglais, le “ you ” sauvera tout ! Je pense comme vous qu'il n'y a rien à ajouter, et cette affaire va se calmer. Mais j'aimerais bien vous voir à votre retour, Patricia.

— Moi aussi, Henri. C'est encore une déclaration commune. Essayez, si vous pouvez, de m'appeler. »

***

La rumeur, en effet, s'est apaisée. Elle n'a pas complètement disparu. Elle subsiste comme une imprégnation dans l'esprit des journalistes. Le bruit a couru qu'il existait des photos de la rencontre. On ne les a pas vues apparaître. Les magazines se sont contentés de reproduire des images classiques, dont l'une de Patricia en costume de bain orange, prise au cours d'un voyage dans les îles Caraïbes, qui ne se situent pas précisément au voisinage de Rambouillet.

IX

SOUCY-LE-LIERRE

La presse et l'opinion n'ont rien su des rencontres de la Princesse Patricia et du Président Lambertye pendant l'automne et l'hiver suivants. Toutes les précautions avaient été prises pour les garder secrètes, mais c'est un miracle qu'elles n'aient pas été éventées.

Le Président s'est rendu à Londres en octobre pour l'inauguration de l'exposition « Paul Cézanne et Émile Zola », et il m'a demandé de l'accompagner. On avait inscrit intentionnellement dans le programme remis à la presse qu'à l'issue de la cérémonie (à laquelle la Reine serait présente), le Président irait rendre visite à la Princesse de Cardiff dans sa résidence de Kensington. Quand nous sommes arrivés au palais, le Président installé dans sa voiture et moi dans un véhicule d'escorte, le bâtiment était littéralement en état de siège, les assaillants étant les photographes et les journalistes. Déjà à l'extérieur de l'enceinte, nous avons dû traverser une foule de badauds équipés d'appareils photo ou de téléphones mobiles. Le Prési-

dent leur faisait de petits signes de la main. À l'arrivée devant la porte d'entrée, les policiers ont dû former une chaîne en se tenant par les bras pour nous permettre de sortir de nos voitures. La ruée était telle qu'elle constituait une sorte de mur, depuis les jambes des policiers entre lesquelles on voyait jaillir des flashs, jusqu'aux visages des journalistes, le cou allongé, qui tenaient leurs appareils à bout de bras comme une forêt de périscopes.

Le Président m'a fait signe de me rapprocher. « Vous pouvez m'attendre ici et essayer de parler aux journalistes. Je m'arrêterai sur le seuil à la sortie pour leur permettre de prendre des images, mais je ne ferai évidemment pas de déclaration. » Il regarde sa montre. « Je resterai sans doute trois quarts d'heure, et nous partirons directement pour l'aéroport. »

Il franchit la porte, encadré par une quadruple rangée de policiers, deux de chaque côté, au milieu des cris « Retournez-vous ! », « Par ici, s'il vous plaît ! », et j'aperçois à travers la vitre le maître d'hôtel de la Princesse.

Durant l'attente, les cameramen de la télévision ont posé leurs instruments par terre, ou sur le rebord des murets, à cause de leur poids. Dans le brouhaha, je parviens à saisir les bribes de phrases qu'ils échangent : « Est-ce qu'il acceptera de répondre à des questions ? Est-ce qu'on verra la Princesse avec lui ? »

Le Président sort effectivement cinquante minutes plus tard, très souriant, et seul. Il marque un temps d'arrêt, dans le crépitement des flashs, et il me cherche des yeux, en m'invitant à le rejoindre. Les quelques mètres sont difficiles à franchir pour nous, tant les questions fusent : « Avez-vous prévu d'autres rencontres ? », « Juste une question, juste une question, Monsieur le Président ! », dite en français. « Pourquoi la Princesse n'est-elle pas sortie avec vous ? »

Nous montons dans la voiture. Dans le brouhaha, le Président me prend par le bras, et me fait asseoir sur un strapontin. Les vitres épaisses de protection anti-balles éteignent les bruits. La voiture démarre lentement pendant que les policiers lui ouvrent le chemin. Quelques photographes se risquent encore à prendre des images, puis l'environnement s'éclaircit. L'avenue de départ est presque vide, et notre petite caravane part en direction de l'aéroport.

« Tout s'est-il bien passé ? me demande le Président. Vous n'avez pas eu trop de problèmes ? C'était ce qui convenait je crois, de montrer que le déroulement de cette visite était normal.

— Oui, c'était bien. Les journalistes étaient déçus de ne rien avoir à se mettre sous la dent ! » Et je me risque, à tort sans doute, à lui demander : « Votre visite elle-même était-elle intéressante ? »

Le Président me regarde intensément. Je ne l'ai jamais vu plisser le front, mais il a une manière de contracter les muscles autour de ses yeux lorsque son regard devient insistant.

« Oui, intéressante, mais aussi agréable. »

Il s'enferme dans son mutisme pendant le reste du

trajet, en regardant défiler les pavillons de la banlieue londonienne, jusqu'à ce que nous approchions de l'aéroport de Heathrow. Il reprend la parole :

« Oui, intéressante et agréable, Anne. J'aurai quelque chose à vous dire à ce sujet. »

*

Lorsque je suis entrée dans son bureau, où il m'avait convoquée, le Président s'est levé de son fauteuil et s'est avancé vers l'angle de la pièce, là où se trouvent un canapé et deux fauteuils. Il m'a fait signe de le rejoindre, et de m'asseoir.

« J'ai quelque chose à vous demander, Anne », me dit-il. Je reste silencieuse pour ne pas marquer d'approbation à l'avance.

« La Princesse de Cardiff souhaite effectuer des séjours en France, reprend-il, mais elle voudrait bénéficier d'un anonymat complet. Je lui ai proposé de mettre à sa disposition le domaine de Courbon à Soucy-le-Lierre, dans l'Essonne. Le connaissez-vous ? »

Je réponds par un signe de tête négatif.

« C'est le résultat d'une histoire assez bizarre. Il s'agit d'une propriété plutôt étendue, d'environ vingt hectares, qui a été léguée à la Présidence de la République par son dernier occupant, ainsi d'ailleurs que les bijoux de son épouse, car il avait remarqué avec finesse, mais sans beaucoup de délicatesse, que les Présidentes portaient dans les réceptions officielles des

parures qui, selon lui, n'étaient pas dignes de leur rang. C'était évidemment un original. Il est mort il y a cinq ans, laissant Courbon bien meublé, et confortable. J'avais juste eu le temps de le remercier, sans le rencontrer, et je ne me suis rendu sur place qu'une seule fois, dans l'après-midi, pour voir de quoi la maison avait l'air. C'est un petit château, plutôt banal, mais dans un joli cadre d'arbres. Je vous raconte tout cela parce que c'est cette maison que j'ai proposée à la Princesse de mettre à sa disposition pendant ses séjours en France.

« Le problème sera pour elle de s'y rendre. Si elle débarque à Orly, ou même à Villacoublay, elle sera poursuivie par une meute de photographes. C'est pourquoi j'ai besoin de votre concours. »

Je l'écoute, les mains sur les genoux, sans trop me poser de questions. Qu'est-ce que la Princesse viendra faire dans cette maison de campagne, isolée au sud de Paris ?

« C'est ici que j'ai besoin de votre participation, continue le Président. La Princesse arrivera dans un avion privé, sur le terrain d'aéroclub de Toussus-le-Noble, qui n'est pas loin de Courbon. Vous iriez l'attendre avec une voiture de sécurité de l'Élysée, et vous l'accueilleriez directement à sa descente d'avion, puis vous la conduiriez jusqu'au domaine. Elle vous indiquera quand elle souhaitera que vous reveniez la chercher. »

Le Président Lambertye est visiblement embarrassé. Son visage s'est revêtu d'une teinte vaguement rosée, qui ne lui convient pas. Il me jette un regard interrogatif.

« Pouvez-vous vous en charger ? »

J'ai envie de lui répondre qu'il s'agit de l'inverse de ma mission auprès de lui : je suis chargée de la communication, et non de la dissimulation. Mais il a l'air si mal à l'aise que je ne résiste pas au désir de l'aider.

« Oui, Monsieur le Président, je crois que je peux m'en charger. »

Il me raccompagne jusqu'à la porte.

« Ce sera pour samedi prochain, me dit-il. Ma secrétaire vous indiquera l'heure exacte d'arrivée. Merci, Anne. »

Je n'aime pas ses remerciements. J'ai hésité à lui demander si je devais communiquer sur son emploi du temps en fin de semaine. C'eût été une perfidie.

*

Tout s'est bien passé, et même tout m'a paru facile. J'ai aperçu l'avion tracer un cercle dans le ciel, et je suis montée dans la voiture pendant qu'il roulait sur la piste. C'était un petit bimoteur à hélices, immatriculé en Grande-Bretagne.

Nous nous sommes rapprochés et, à peine l'avion arrêté, la porte s'est ouverte, et un escalier de quelques marches s'est abaissé. La Princesse est apparue. Je dis la Princesse parce que je savais que c'était elle. Patricia était presque impossible à reconnaître. Elle portait une toque de fourrure marron, inclinée sur le front, et un long manteau noir au col relevé. Pendant qu'elle descendait les marches, j'ai eu le temps d'apercevoir une jupe noire et des collants de la même couleur. Elle est entrée dans la voiture par la porte de gauche, comme le font les Britanniques. Puis le chauffeur a refermé la portière.

La voiture et l'avion se sont éloignés en même temps, car l'avion n'avait pas arrêté ses hélices.

La Princesse s'est installée sur la banquette, et s'est tournée vers moi :

« Alors nous voilà ! me dit-elle en français. Vous êtes l'assistante du Président ? Je suis heureuse de vous connaître. »

Quand nous avons franchi la grille de l'aéroclub, j'ai jeté un regard. Non, il n'y avait personne. Nous n'étions pas suivis.

« Est-ce loin, l'endroit où nous allons ? m'interroge la Princesse. Dans combien de temps arriverons-nous ?

— Ce n'est pas loin, lui dis-je. Nous serons arrivées dans une demi-heure. »

La Princesse se blottit dans l'angle de la voiture, où elle forme un amoncellement de tissus noirs. Elle regarde par la vitre. La lumière commence à baisser, et nous voyons défiler en silence les frondaisons des forêts d'Île-de-France.

*

La Princesse est revenue plusieurs fois pendant l'automne et l'hiver, quatre fois exactement. Toujours suivant le même scénario. Je suis allée la chercher, puis la reconduire, après deux jours. Personne ne semble s'être aperçu de rien, sauf au moment où le chauffeur a accroché la grille mal ouverte de l'aéroport et où j'ai pu craindre qu'on ne vienne l'interroger. Il ne s'est pas arrêté.

Le Président ne m'a pas reparlé de ces visites. Les journaux racontaient qu'il séjournait à Rambouillet. Je ne l'ai entrevu qu'une seule fois à Courbon, lorsque je suis revenue chercher la Princesse pour la raccompagner. C'était à l'occasion de son dernier séjour. Je les ai vus venir de loin, dans une allée, tous deux très grands et très beaux. Ils se donnaient le bras. Mais pendant qu'ils se rapprochaient, il m'a semblé entendre qu'ils discutaient, et même se disputaient.

Ils parlaient en anglais. J'ai saisi quelques mots :

« Non, je ne reviendrai plus ! disait Patricia. J'en ai assez de me cacher. Et puis, c'est toujours la même chose ! »

La Princesse s'est engouffrée dans la voiture, qui attendait devant le petit perron, moteur allumé, et elle a claqué la portière. Je l'y ai rejointe, discrètement.

Pendant le trajet, elle ne m'a pas adressé la parole. Quand elle est sortie de la voiture, juste en face de la porte de l'avion, elle a tourné la tête pour me dire :

« Merci, Anne. C'était gentil de m'accompagner. Je ne pense pas que nous nous reverrons… »

La voix de Patricia était sourde et hachée. J'ai aperçu des larmes qui scintillaient dans ses yeux, des larmes qui, au lieu de couler, cernaient ses paupières et rosissaient le cristallin de ses yeux.

Mission accomplie.

X

LA MALENTENTE

Notre dernière rencontre à Courbon a été désagréable. Tout était déplaisant. La maison finalement est sans charme, et sans grand confort. Les baignoires ont des fêlures, et les carrelages des salles de bains ont dû être posés dans les années 1950. Patricia était fatiguée. Elle rentrait d'un long voyage officiel en Australie, et j'ai compris, bien qu'elle ne m'en parle jamais, qu'elle avait dû se disputer avec son mari, sans doute à propos de son futur statut après leur divorce.

Et l'enjeu pour elle était considérable, en particulier pour la garde et l'éducation de ses enfants.

Le dîner, heureusement, était délicieux. Le cuisinier nous avait préparé des truffes entières, enrobées dans un feuilleté très léger, et accompagnées par une sauce au vin de Bourgogne. Oui, délicieux ! Je crois qu'il a emprunté cette recette à un chef qui tenait une auberge à Marly-le-Roi.

Lorsque nous nous sommes levés de table, j'ai demandé à Patricia si elle voulait prendre un café ou une infusion.

Elle m'a répondu en secouant la tête :

« Non, rien du tout, je suis trop fatiguée. J'ai juste envie de dormir. Bonsoir, Henri. »

Elle a quitté la pièce, et je l'ai vue monter l'escalier. Je distinguais ses jambes entre les barreaux de bois, toujours aussi enivrantes. Quand elle est arrivée sur le palier, elle ne s'est pas retournée et ne m'a pas fait signe. Elle est entrée dans sa chambre et a refermé la porte.

J'ai hésité à aller la rejoindre. Elle était visiblement épuisée et m'aurait mal reçu. Nous nous serions disputés à voix basse, pour ne pas être entendus dans la maison. Peut-être nous serions-nous réconciliés, mais peut-être que non, ce qui eût été pis.

Je reste là, assis dans mon fauteuil, à agiter ces idées dans ma tête, au milieu de cette maison insignifiante et moche, sans chercher même une réponse. Qu'est-ce que je fais ici ? Tout cela n'a aucun sens. Et c'est pire pour Patricia. La vérité est que je ne lui apporte rien, que les élans d'une aventure. Oui, des élans passionnés mais qui, une fois retombés, ne laissent de place qu'à la solitude.

Il doit y avoir du bois dans la structure de la maison, car j'entends des craquements dans les murs. Au-dessus de moi, ce sont les pas de Patricia, qui revient de sa salle de bains-cuisine.

J'ai attendu un long moment dans un état indécis, mi-sommeil, mi-réflexion morose, puis je suis monté à mon tour. En passant devant la porte de Patricia, je n'ai pas ralenti, pour éviter la tentation de m'arrêter et pour ne pas entendre sa respiration, dont je sais qu'elle est longue et calme quand elle dort.

Puis, en arrivant dans la chambre que j'utilise, j'ai appuyé sur le bouton électrique. La lumière qui a jailli dans la pièce, avec son grand lit, son armoire de noyer, ses deux fauteuils de velours rouge, sa cheminée en marbre noir couronnée d'une pendule dorée, m'a fait penser que c'était moi qui, à l'instant, venais de construire ce décor, arrivé dans la nuit de nulle part. J'ai jeté mes vêtements en désordre, ce que je ne fais jamais, et je me suis glissé dans la peausserie blanche des draps. Quand je me réveillerai, parce qu'on aura frappé à ma porte, je serai recouvert d'une pellicule de sueur, qui ne sera due ni à la chaleur, ni à la crainte, mais à un ressentiment contre moi, parce que j'ai mal aimé Patricia.

Je pensais à Rambouillet, et au triangle des draps ouverts.

*

Le lendemain matin, Patricia a pris son petit déjeuner dans sa chambre. Je l'ai regardée descendre l'escalier. Elle portait un tailleur gris, dans une sorte de flanelle, dont la jupe s'arrêtait aux genoux. Ses yeux brillaient d'un bleu clair et elle m'a adressé un sourire détendu, mais comme anonyme et sans complicité.

« Je me sens mieux, me dit-elle. J'ai dormi comme une pierre. J'aimerais respirer un peu d'air, avant de partir. Avez-vous le temps de faire une promenade ?

— Bien sûr. »

Nous sommes sortis par le vestibule et avons emprunté une allée de gravier qui traverse le petit bois. Elle m'a pris le bras pour me dire :

« Je n'ai pas été très aimable hier soir, mais j'étais réellement fatiguée. Et puis je n'aime pas cet endroit. La maison est laide, et c'est de la fausse campagne. Vous devriez venir voir en Angleterre ! »

Elle penche la tête de côté, les yeux fixes, et je redoute les mots qui vont surgir.

« Ce que nous faisons ressemble à une habitude. C'est toujours la même chose. Je n'ai pas envie de revenir. »

Nous sommes déjà sur le chemin du retour. Je peux voir la voiture de l'Élysée qui attend devant le perron.

« Je n'aime pas non plus cette maison, lui dis-je. D'ailleurs, je n'y suis jamais venu sans vous. J'ai simplement pensé que c'était un endroit où nous serions libérés des pressions extérieures, et c'est bien ce qui s'est passé. Après tout, ce n'est pas si mal ! »

Nous parlions en anglais, comme d'habitude. Le « vous » et le « tu » s'y confondent. Mais pour exprimer ce que Patricia m'a dit, le « tu » me paraît plus fidèle.

« Tu trouves que ce n'est pas si mal parce que cela t'arrange ! me dit-elle. Pour toi c'est commode ! Mais moi, je n'aime pas me cacher. Une fois de temps en temps, en se déguisant, cela peut aller ! Mais pas régulièrement, en faisant le même chemin, en me camouflant pour sortir de l'avion, je ne veux plus ! »

Elle me serre le bras. Ses doigts ont une dureté presque métallique. Je ne lui soupçonnais pas cette vigueur.

« Ce que tu dis est vrai et j'y ai pensé, lui dis-je. Je n'aimais pas l'idée de t'imposer ces contraintes. Mais comment faire ? Comment essayer de te montrer mon amour ? »

C'est un mot que nous n'employons jamais.

Elle attend avant de me répondre. Juste quelques pas encore et Anne ainsi que le chauffeur pourront entendre notre conversation. Patricia conclut, en baissant la voix :

« De toute manière, je ne reviendrai pas ici. C'est toujours la même chose ! » Et en parlant plus bas encore, elle ajoute :

« Et je ne crois pas que tu m'aimes vraiment. En tout cas pas comme je voudrais… »

Elle retrouve son ton naturel :

« Tu pourras m'appeler, si tu en as envie, quand je serai rentrée à Londres. »

Nous nous embrassons devant ce petit public, mais nous nous contentons d'un baiser conventionnel.

Elle s'est installée sur la banquette. Les portières claquent et les roues de la voiture commencent à tourner.

Patricia me fait à travers la vitre un geste de la main ou plutôt des doigts, comme elle le ferait, me dis-je, pour un photographe.

En rebroussant l'allée qui me reconduit vers l'ingrate maison, je sens un mélange de désespoir et de découragement qui germe en moi, et finit par m'envahir.

*

C'était évidemment à moi de rappeler Patricia au téléphone. Elle avait supporté ce voyage compliqué et malcommode pour venir me voir, et mon seul effort avait été de l'accueillir. Mais je ne l'ai pas appelée. J'étais encore irrité par la tonalité de son départ et je retrouvais en moi un des traits déplaisants de mon caractère, fait de rancune mesquine et de mauvaise humeur. Jc la ferai attendre ! De toute manière, il était trop tôt pour appeler. Dans une demi-heure, à neuf heures trente, je présiderai un Conseil de défense consacré aux fameuses « fusées à têtes multiples » dont il fallait doter nos sous-marins nucléaires lanceurs d'engins. Et de plus, en raison du décalage horaire, il n'était encore que huit heures et demie à Londres, trop matinal, me dis-je comme alibi, pour déranger Patricia.

Le Conseil a duré plus de deux heures. Je n'ai regagné mon bureau qu'à midi moins le quart. La sonnerie du téléphone a résonné. C'était ma secrétaire qui voulait m'informer :

« La Princesse de Cardiff a téléphoné en votre absence », me dit-elle d'une voix neutre, légèrement réprobatrice, comme si elle désapprouvait tout ce qui venait interférer avec ma fonction. « Elle vous rappellera vers midi. »

Je préfère joindre Patricia dans le quart d'heure qui

vient et je tire à moi le clavier de l'appareil de la ligne directe. Je compose le 44 pour la Grande-Bretagne, puis le numéro que Patricia m'a dicté et que j'ai inscrit sur un carton bleu, à ses initiales, que je garde juste devant moi, à l'ouverture du tiroir de mon bureau. La sonnerie résonne aussitôt, sans délai d'attente, suivie de la voix de Patricia :

« Je vous ai téléphoné tout à l'heure, me dit-elle. On m'a répondu que vous étiez en réunion. Je pensais que vous auriez pu m'appeler, après le départ désagréable d'hier.

— J'avais l'intention de le faire... » ai-je commencé à lui répondre, mais elle m'interrompt :

« Vous aviez cette intention, Henri, mais vous ne l'avez pas fait ! Cela vous arrive souvent. C'est un trait de votre caractère, même si vous essayez de vous rattraper.

— Pas toujours, lui dis-je, en tout cas je suis heureux de vous entendre. »

C'est vrai ; sa voix fait fondre ma mesquinerie. Je me retrouve joyeux, léger, à débattre avec elle.

« Ce que je vous ai dit lors de mon départ était exact, reprend-elle. J'aurais pu vous le dire plus gentiment. Je n'aime pas cet endroit et je n'aime pas me cacher. » Elle rit. « Enfin, pas trop ! Mais c'est surtout la répétition, le rite de l'arrivée, du départ et l'amour comme exercice obligatoire ! » Elle reprend son souffle. « C'est le meilleur moment, mais c'est toujours la même chose !

— Je ne vois pas comment cela pourrait être différent, lui dis-je.

— Ne soyez pas stupide, Henri. J'aime faire l'amour avec vous, si c'est comme cela que l'on dit en français, et je prends beaucoup de plaisir à vos initiatives. J'espère, en passant, que nos lignes de téléphone ne sont pas écoutées, et n'imposeront pas un effort de traduction trop compliqué au Kremlin. Ce que je veux dire, c'est que je n'aime pas ce rituel répétitif, dans cette maison de garde-barrière. Je ne reviendrai pas. À vous de trouver autre chose. »

Je ne peux pas lui donner tort. Il est exact que les contraintes ne sont pas les mêmes pour elle et pour moi. Elle doit se cacher, se voiler comme une Mauresque, et chaque rencontre ressemble à la précédente et annonce la suivante. La lumière électrique reste la même dans le corridor, et lorsque je pousse la porte de sa chambre, je m'applique à ne pas faire craquer les lames du parquet. Elle me regarde avancer comme une ombre sournoise.

Pour moi, au contraire, je goûte un plaisir aventureux, joyeux. Je quitte l'Élysée par le parc, en direction de Rambouillet. Arrivé dans la cour du château, je libère la voiture de sécurité, puis je fais un tour jusqu'à ma chambre. Souvent, j'emprunte le corridor et l'antichambre. J'ouvre la porte de la chambre où dort Patricia et je revis intensément sa découverte. J'ai toujours en tête le triangle blanc de l'ouverture des draps.

Ma voiture personnelle est garée dans la cour. Je l'emprunte comme si j'allais à la faisanderie et, dans la nuit tombée, je prends la direction de Dourdan. La circulation est clairsemée, et l'intérieur de la voiture est juste éclairé par les lueurs circulaires du tableau de bord. J'ai l'esprit libre. Je suis heureux, sans souci, sans angoisse, de rouler en direction de la belle Patricia, la déesse aux yeux d'aigue-marine et aux jambes souples.

Patricia répète :

« Vous devez trouver autre chose ! De mon côté, j'ai une idée. J'aimerais vous en parler directement. Ce serait bien que vous me rendiez visite. Cela me permettrait de vous raconter mon idée.

— Je compte participer à la prochaine conférence sur les questions monétaires, surtout parce qu'elle se tient à Londres ! On ne peut pas en attendre beaucoup de résultats, mais cela me donnera l'occasion de vous voir. Elle n'a pas lieu la semaine prochaine, mais la suivante car lundi prochain, je dois être à Paris pour inaugurer le Salon du Livre. Je suis impatient de connaître votre idée !

— Je ne vous en dirai rien aujourd'hui, pas un mot ! me répond Patricia. Elle vous surprendra, car je pense que l'amour doit être inventif ! C'est mon cas ! Vous, vous me paraissez être du genre de l'amour passif ! » Elle rit dans l'appareil, d'un rire ironique, avec une pointe de déception. « Vous attendez qu'on vous apporte tout, mais vous serez étonné !

— Je ne crois pas à l'amour passif, Patricia, peut-être me suis-je trop enfermé dans mes contraintes ?

— Des contraintes ! J'en ai autant que vous ! Et même davantage, car j'ai encore un mari. Attendez de connaître ma surprise !

— Mais je vous aime, Patricia, lui dis-je dans l'appareil, avec une montée soudaine d'affection et de désir, je vous aime, je vous aime ! »

Une porte a grincé derrière moi, sur la droite. Je me retourne. Le battant de la porte de mon secrétariat s'est ouvert et mon assistante en communication, Anne Denîmes, vient d'entrer. Elle se tient immobile, une liasse de papiers à la main.

J'ai eu juste le temps de raccrocher. Je pense qu'elle n'a pas dû voir mon geste, car mon dos cachait le téléphone et j'espère surtout qu'elle n'a pas entendu le ton de ma voix…

XI

LA CONCIERGERIE

À l'instant où mes yeux ont croisé son regard, j'ai su qu'il était venu pour me tuer.

J'étais entré dans la salle de la Conciergerie, au Palais de Justice, où se tenait le Salon du Livre. Le président de la manifestation m'avait accueilli sur le trottoir, devant la porte, avec trois ou quatre de ses collaborateurs, et nous étions arrivés sur un palier qui dominait la salle où se tenait l'exposition, bruissante des voix des éditeurs, des auteurs et des visiteurs. Pour gagner le niveau du sol, il nous fallait descendre un escalier d'une dizaine de marches.

J'avais franchi trois ou quatre de ces marches, suivi par le président, et je regardais l'allée centrale où je devais avancer.

L'homme marchait à ma rencontre. Il était grand, vêtu d'un blouson bleu marine. Son visage était buriné, creusé de deux sillons profonds de chaque côté de la bouche. Sa main droite plongeait dans un sac en papier, de la maison Larousse, où elle paraissait tenir un objet.

J'ai descendu encore deux marches. L'homme était alors à neuf ou dix mètres de moi.

Dans les millièmes de seconde qui ont suivi, je me suis rappelé le moment où, à la chasse aux grands animaux, le regard de la bête, jusque-là paisible, croise le vôtre, et où elle est saisie de panique.

Les yeux de l'homme étaient étincelants.

Il a élevé sa main enfoncée dans le sac en papier. Il me semble avoir perçu une immense explosion dans une caverne, et entendu des voix qui poussaient des hurlements.

Je ne me souviens de rien d'autre.

***

Je marchais à quelques pas en arrière du Président, échangeant mes impressions avec l'officier de sécurité Landt, et je n'avais pas entamé la descente des marches. Nous voyions devant nous un parvis multicolore et bruyant, couronné des enseignes des maisons d'éditions. Les deux autres agents de sécurité avançaient à nos côtés.

Le dos du Président me cachait l'allée. J'apercevais seulement des visiteurs qui s'y croisaient. L'explosion a éclaté comme la foudre. Je n'ai pas réalisé ce qui se passait. Le Président est tombé en arrière, sur les marches. De petits filets rouges s'étalaient sous lui. La salle n'était plus qu'une immense clameur, renvoyée et amplifiée par les voûtes. Landt s'est élancé en avant et s'est agenouillé devant le Président pour le protéger. Les autres policiers sont restés debout, le pistolet à la main, regardant dans toutes les directions, dans l'attente d'un nouveau tir.

Je me suis allongée sur le sol, comme la plupart de mes voisins. Je me sentais lâche et inutile. J'aurais préféré fuir. Par-dessus le corps du Président, je pouvais voir maintenant dans le couloir central un homme debout, sur lequel s'était jeté un groupe de policiers qui le tenaient par les bras, le rouaient de coups et le secouaient comme une meute sur un sanglier.

Des hommes en blouse blanche sont arrivés très vite. Il devait y avoir une ambulance à proximité, prête à intervenir. Ils ont déployé un brancard sur le haut des marches et y ont déposé avec beaucoup de soin le Président. Sur les marches, ils laissaient derrière eux une trace sanglante.

Je me suis relevée. Personne ne s'occupait de moi et à vrai dire personne ne s'occupait de personne. C'était un essaim tourbillonnant de bouches ouvertes, d'où jaillissaient des hurlements et des cris de peur. J'ai suivi la ruée vers la sortie. Le cortège du Président était déjà parti et je pouvais voir au bout du quai le crépitement bleu des lumières de l'ambulance.

J'ai fini par retrouver la voiture de service que j'avais empruntée pour venir. Elle était engloutie dans la foule en fuite. Mon chauffeur a longé la Seine, semblable à un ruban gris-vert piqueté de sillons blancs, indifférente au drame qui venait de se dérouler.

***

Je dois être ficelé, ligoté. Quand j'essaie de remuer les bras ou les jambes, rien ne bouge. Je voudrais regarder, mais tout est sombre. Mes paupières doivent être collées. J'entends une sorte de murmure, des voix étouffées qui se répondent et un tintement de pièces métalliques. Je ne souffre pas, en tout cas je ne sens pas que je souffre. Il me semble avoir une grosse pierre posée sur le ventre, entourée de flammèches de gaz.

Les voix se sont rapprochées. Quelqu'un se penche sur moi. Je ne peux pas le voir, mais il ressemble à un disque noir qui serait venu me scruter.

J'avale ma salive. Je replonge.

*

« Bonjour, Monsieur le Président ! Vous pouvez vous réveiller. » La pièce est toute blanche, éclatante du soleil d'hiver qui pénètre par deux fenêtres.

Où suis-je ? J'aimerais poser la question, car je n'en ai pas la moindre idée. La réponse vient d'elle-même :

« Vous êtes à l'hôpital du Val-de-Grâce. Je m'appelle Dominique Piétrini. Je suis le médecin militaire chargé de suivre votre convalescence auprès du professeur Teysson, qui vous a opéré. »

Je la regarde. C'est une jeune femme qui se tient debout à côté de mon lit. Elle porte une blouse blanche sur une jupe d'uniforme kaki. Son regard est doux.

Je cherche à reconstituer les événements.

« Il y a longtemps que je suis ici ? » ai-je demandé.

Ma voix émet une sorte de croassement.

« Cela fait quatre jours. Vous avez été transporté au Val-de-Grâce tout de suite après l'attentat. Vous avez eu de la chance que l'assassin ait utilisé un pistolet de petit calibre. Avec une arme plus puissante, comme celles qu'utilisent d'habitude les tueurs, vous n'en réchappiez pas. La balle s'est logée dans le bas du poumon, près du cœur. Le professeur Teysson a jugé qu'il valait mieux la retirer tout de suite. L'opération a été assez longue. Vous avez perdu beaucoup de sang. Depuis, on vous a maintenu en coma artificiel. Vous êtes sous perfusion. »

Je bouge la tête. Je constate en effet que je suis entouré d'un réseau de petits tuyaux, comme un modèle réduit de raffinerie de pétrole.

La lumière reste éblouissante et chasse les ombres. Je commence à me fatiguer.

« J'en aurai pour longtemps avant de reprendre une vie normale ?

— Plusieurs semaines, sans doute trois ou quatre, mais vous allez vous sentir mieux très vite. Il ne faut pas trop parler. Vous allez vous rendormir. »

Elle porte un petit plateau avec un verre d'eau et quelques pilules.

« Je vais vous aider à boire », me dit-elle. Elle passe sa main derrière mon cou.

J'essaierai de me souvenir de son prénom : Dominique.

*

Je commence à m'habituer au rythme de la vie à l'hôpital. À vrai dire, je ne fais rien, sinon avaler ou plutôt aspirer les repas. L'attentat est déjà vieux de dix jours. Je commence à reprendre un peu de force. Ou plutôt c'est l'inverse qui se produit : la faiblesse qui inonde tout mon corps est en train de refluer. Je n'avais jamais imaginé que la faiblesse puisse avoir une telle consistance et je la ressens comme une sorte de contre-force qui paralyse toute capacité d'agir.

Je ne peux pas lire, car je ne réussis pas à tenir un livre ouvert plus de quelques dizaines de secondes. J'ai demandé qu'on allume la chaîne de télévision CNN, en réduisant le son. Ainsi je peux observer les nouvelles et le défilé des chiffres sur les marchés. Je n'écoute pas la radio. On l'avait branchée, mais sa tonalité était trop percutante et je redoutais d'entendre les nouvelles qu'on donnerait à mon sujet.

Dominique Piétrini vient me voir deux fois par jour, et quelquefois trois, par un court passage en fin de journée. Ce sont des moments très agréables. Elle contrôle le fonctionnement des appareils, et consulte les indications chiffrées relevées par les infirmières dans la journée, qu'elle reporte sur des graphiques. Je la regarde faire pendant qu'elle me tourne le dos. Puis elle s'empare d'une chaise, la rapproche et la place dans l'angle où je n'ai pas d'effort à faire pour la regarder.

Alors commence la visite. Dominique Piétrini a des cheveux bruns, couleur acajou foncé et un visage équilibré, avec des yeux attentifs qui me surveillent et une bouche entrouverte qui me sourit. Elle porte toujours une blouse blanche, boutonnée par-devant, sur sa jupe d'uniforme. Quand elle s'assied, elle croise les jambes et sa jupe remonte au-dessus du genou. Ses jambes sont bien dessinées et diffusent une sensation de vigueur, comme celles d'une athlète au repos. Mon imagination s'envole en direction de la statuaire grecque. Oui, c'est une beauté méditerranéenne forte, rayonnante et équilibrée, comme savaient les sentir et les construire les sculpteurs du cinquième siècle avant notre ère. Pas besoin de vêtements, aucune affectation, des épaules égales et bien attachées : l'image qu'a déterrée le laboureur grec dans son champ minuscule de l'île de Milos.

Parfois elle accompagne le professeur Teysson, mais le plus souvent elle me visite seule.

Elle me donne des nouvelles de mon état.

« Épargnez-moi les détails, lui dis-je. Je n'ai aucune connaissance médicale et je n'ai rien envie de savoir. Tout ce que je demande, c'est que vous me disiez quand cela va finir. »

Dominique Piétrini est déçue. Elle s'était munie de grandes photos et de radiographies, qu'elle avait l'intention de m'expliquer pour me décrire les dommages subis et les résultats de l'intervention. Je détourne la tête pour ne pas regarder le réseau d'ombres qui dessinent mes côtes, qui identifient la cavité du cœur et qui montrent en arrière-plan l'enveloppe des poumons.

Dominique reprend :

« Les choses vont aller assez vite maintenant. Le professeur pense que vous pourrez recevoir des visites à partir de lundi. On va vous enlever l'appareillage dans la journée de dimanche. C'est moi qui aurai la responsabilité d'organiser les visites. Au début, il faudra vous contenter d'une dizaine de minutes. Vous me direz par qui vous souhaitez commencer, car vous êtes assailli de demandes. Vous me direz aussi ce qu'il faut faire de tous les messages de félicitations qui vous arrivent. Il y en a des sacs entiers !

— Je ne suis pas sûr que " félicitations " soit le mot juste ! Pour les messages, il faut les envoyer à mon secrétariat à l'Élysée, qui fera le tri et préparera les réponses. Quant aux visites, je sais que mes deux fils, François et Jean, sont déjà venus, mais je voudrais les revoir, peut-être en fin de semaine pour ne pas perturber leurs activités. Le premier visiteur devrait être le Premier ministre, puis le secrétaire général de la Présidence, de manière à organiser ma reprise d'activité. »

Dominique Piétrini marque un temps d'hésitation.

« Nous recevons beaucoup d'appels de Grande-Bretagne, me dit-elle. C'est le standard du Palais de Buckingham, qui nous met en relation avec la résidence de la Princesse de Cardiff. J'ai eu moi-même la Princesse au téléphone. Elle demande tous les jours de vos nouvelles et elle m'a fait promettre qu'elle serait la première personne que vous recevriez. Que dois-je lui répondre ? »

Patricia n'a pas disparu dans mon naufrage ; elle est toujours là, pensai-je. Je me souvenais de notre dernière conversation, un peu pénible, étouffée maintenant sous l'explosion du coup de pistolet et je voyais revenir dans ma mémoire le profil de sa longue silhouette et l'insistance de ses yeux bleus écarquillés, qui m'observent.

Je pose la question à Dominique Piétrini : « Est-ce que j'ai parlé d'elle dans mon délire ?

— Je n'étais pas tout le temps présente, me répond-elle, et vous étiez difficilement compréhensible. Il me semble, d'après les bouts de phrases que j'ai pu saisir, que vous n'étiez pas dans le temps présent, mais plus loin, dans votre enfance. »

Elle attend un instant, puis me redemande :

« Que dois-je répondre ?

— Ne lui parlez pas du Premier ministre ni des autres. Dites-lui que je la recevrai la première et fixez le moment avec elle. »

*

Je fais tous les jours une sorte de sieste après le déjeuner, où je dors à moitié. Lundi en début d'après-midi, j'ai dû sommeiller vraiment.

Lorsque je me suis réveillé, elles étaient là toutes les deux, Patricia et Dominique, assises sur des chaises, le long du mur. Elles ont dû m'entendre bouger.

Dominique a chuchoté quelques mots. Patricia s'est levée et s'est avancée en direction de mon lit. Je me souvenais qu'elle était belle, mais je n'avais pas conscience qu'elle était superbe à ce point. Elle se tenait droite, dans un tailleur noir, avec un chemisier décoré de fleurs rouges. Ses cheveux blonds brillaient sous l'ampoule du plafond. Elle s'est rapprochée et a pris ma main, celle qui était posée sur le rebord du drap.

« Vous ne pouvez pas imaginer combien je suis heureuse de vous revoir, m'a-t-elle dit en anglais. J'ai eu très peur de vous perdre. Les nouvelles en Angleterre étaient terribles. J'ai essayé de vous appeler ici. C'est votre médecin qui m'a donné des détails. Elle m'a un peu rassurée. »

Dominique s'est levée à son tour. Elle s'approche et me dit :

« Je vais vous laisser avec la Princesse. Je reviendrai la rechercher dans une dizaine de minutes, parce qu'il ne faut pas trop vous fatiguer. »

Elle s'éloigne et referme la porte.

Patricia cherche une place pour s'asseoir sur le côté de mon lit.

« Elle est remarquable, votre infirmière, me dit-elle. C'est elle qui a tout arrangé pour organiser ma visite. Elle m'a fait entrer par la porte de la chapelle de l'hôpital pour éviter que je ne rencontre les journalistes. »

Je relève :

« Le docteur Piétrini n'est pas une infirmière, mais un médecin !

— Vous voyez, vous la défendez déjà ! dit Patricia. J'espère que vous n'en êtes pas amoureux. J'ai lu quelque part que les grands blessés tombaient souvent amoureux de leur infirmière. En plus, la vôtre est très séduisante. »

Il y a un peu d'amusement, mais aussi d'interrogation, dans la voix de Patricia.

Le mot « amoureux » m'a fait sentir la piqûre d'une aiguille au voisinage du cœur. Serais-je amoureux de Dominique ? J'éprouve un grand bien-être quand elle me rend visite et qu'elle me raconte les histoires du monde extérieur de sa voix de soprano, et je guette le moment délicieux où elle se lève de sa chaise par une rotation souple qui fait crisser sa jupe de toile au-dessus de ses genoux.

C'est Patricia qui met les choses au point :

« De toute manière, cela n'a pas d'importance. Dans trois semaines vous serez sorti du Val-de-Grâce, et d'ici là, vous resterez ficelé à votre lit. I'm safe !

« Vous savez qu'il va y avoir des élections en Grande-Bretagne. Il semble qu'il y ait une poussée des travaillistes, et les scandales privés des ministres conservateurs n'arrangent pas les choses. Pour le moment, on ne parle pas beaucoup de moi. Les journaux donnent l'impression de me considérer comme une veuve !

— Ce n'est pas de très bon goût.

— Vous n'êtes pas non plus de très bon goût avec votre infirmière ! » répond-elle en riant largement.

Elle est complètement détendue, le visage penché en

avant. Ses yeux bleu lavande me sourient. Elle pose ses mains sur ses genoux, les doigts croisés.

« Vous souvenez-vous de ce que je vous ai dit la dernière fois que je vous ai appelé, juste avant l'attentat ? À propos, c'est vous qui auriez dû me téléphoner ! »

Elle rit toujours, d'un rire tendre et moqueur. Son visage est maintenant à trente centimètres du mien.

« Vous avez la rancune tenace, de vous attaquer ainsi à un homme affaibli ! Oui, je me souviens bien : " Je ne reviendrai plus jamais à Courbon et j'ai une idée, mais je vous la dirai plus tard ! "

— Bonne mémoire, s'exclame Patricia. La balle ne vous a pas traversé le cerveau. Oui, j'avais une idée et c'est le moment de vous la dire... »

Elle laisse passer une longue minute, pour faire monter ma curiosité. Je la regarde, la tête appuyée sur mon oreiller.

« ... Je vais venir m'installer à Paris. »

*

J'ai reçu la nouvelle avec stupéfaction, hors d'état d'évaluer le bonheur qu'elle offre, ni les complications qu'elle peut créer.

Patricia continue d'une voix calme, réaliste. Elle garde ma main, au bout de la manche de mon pyjama, dans la sienne. Elle me décrit son projet :

« Je pense que les petits princes britanniques doivent parler parfaitement le français. D'ailleurs, notre devise et nos symboles viennent de Normandie. Il paraît que ma belle-mère, la Reine Victoria II, parle un français excellent. Mais je ne suis pas en mesure de juger...

— Oui, c'est vrai.

— Alors j'ai décidé de mettre mon fils et ma fille dans une école française, ou plutôt une école bilingue dès la prochaine rentrée après les vacances de Pâques. J'ai une amie, Katherine Devon – elle m'a dit qu'elle vous avait rencontré à l'ambassade –, qui accepte de me prêter pour deux ans son appartement à Paris. Je suis allée le voir, avant de venir ici. Il est situé en face du parc Monceau. Il est très grand et ensoleillé et il n'y a pas de travaux à faire. Je peux m'y installer très vite, en attendant l'arrivée des enfants. La concierge m'a dit qu'un autre appartement sur le même palier pouvait être loué. J'ai choisi de le retenir pour vous. Ainsi, vous pourrez venir respirer en dehors de l'Élysée. Il y a un garage souterrain dans l'immeuble et on peut y entrer directement à partir de la rue, ce qui permet d'éviter les paparazzi ! »

Patricia a tout prévu, tout organisé, pendant que je sommeillais au Val-de-Grâce. Elle paraît enchantée de son programme.

« Que pensez-vous de mon idée ? me demande-t-elle.

— Je la trouve excellente ! Vos enfants apprendront le français et moi, j'améliorerai ma pratique de l'anglais. Mais quand allez-vous vous installer et quelles seront les réactions de la famille royale ?

— J'ai l'intention de m'installer assez vite et de faire

venir les enfants pour la reprise des études dans l'école où ils vont entrer, qui est, comme je vous l'ai dit, au début du mois de mai. Dans quelques jours, ma séparation officielle d'avec le Prince héritier sera rendue publique. Pour le moment, il mène sa vie de son côté. Je crois qu'il est, ou plutôt qu'ils sont, en Andalousie. Quant aux réactions de la famille royale, je m'en moque ! Plus ils seront furieux, plus je serai contente. La seule personne à qui j'en ai parlé est ma belle-mère. Vous savez que je l'aime et que je la respecte. Elle ne m'a rien dit, sauf une phrase : " Il faut faire très attention aux enfants ! Ce sont les héritiers de la Couronne et ils sont très jeunes." »

Un doigt frappe à la porte. C'est Dominique, qui apparaît sur le seuil.

« Je m'excuse, Princesse, dit-elle. Je dois interrompre votre conversation. Le Président est encore très faible et il doit se reposer.

— Je comprends, Madame, répond Patricia, mais pouvez-vous me laisser encore une minute ? »

Le moment que j'attendais arrive. Patricia se penche davantage en avant et, pour se rapprocher, elle se soulève de sa chaise. Elle prend mon visage entre ses mains et j'aperçois le fin duvet blond de ses avant-bras scintiller dans les rayons du soleil.

Elle appuie ses lèvres sur les miennes. C'est plus une caresse qu'un baiser, car mes propres lèvres doivent être desséchées, fendillées et exhaler des senteurs pharmaceutiques. Pourtant elle insiste, et peu à peu je la rejoins. Je passe ma main libre autour de sa taille, où je sens le bas de son chemisier de soie rouge. Nous ne bougeons plus ; la vie est revenue.

Patricia se redresse, me fait un signe de la main et s'éloigne en direction de la porte que lui ouvre Dominique.

« À bientôt, Henri, me dit-elle.

— À bientôt, Patricia chérie, dis-je en avalant l'adjectif. Merci d'être venue. »

Elles se trouvent maintenant toutes les deux sur le seuil et vont partir, Patricia devant, dans son tailleur noir, suivie de Dominique Piétrini, dont la blouse blanche flotte sur ses jambes de déesse grecque.

XII

LE PARC MONCEAU

À ma vive surprise, l'annonce de la séparation avec le Prince de Galles et de l'installation de la Princesse de Cardiff à Paris a soulevé peu de curiosité. Toutes les facultés d'attention de la presse étaient siphonnées par l'attentat du Président. Les demandes d'interview ont été rares et, suivant les consignes de la Princesse, je les ai refusées.

Le magazine Paris-Match *a souhaité faire un reportage photographique sur l'intérieur de l'appartement de la Plaine Monceau. J'ai accompagné le reporter pour la prise d'images. Les pièces sont grandes et bien meublées. Le salon et la salle à manger sont situés le long du boulevard de Courcelles, face au sud. Nous avons ouvert les fenêtres. Elles donnent sur le parc Monceau, qui est ce jour-là d'un vert étincelant. Le journaliste a voulu visiter la chambre de la Princesse, à l'arrière de l'appartement, tendue d'un tissu à fleurs et meublée d'un grand lit, ainsi que d'une paire de commodes en acajou. Je ne lui ai pas permis de prendre des images, à cause du lit.*

Je lui ai montré les chambres des enfants, et, au bout d'un long couloir, les deux pièces où se tiendront les agents de sécurité.

Quand nous sommes revenus sur le palier, la porte de l'appartement voisin était entrouverte. J'ai cru apercevoir des peintres à l'intérieur et je me suis bien gardée de dire au journaliste que la Princesse l'avait retenu pour le Président.

⁂

Je quitte ce matin le Val-de-Grâce. J'enlève mon pyjama d'hôpital et je retrouve mes vêtements « présidentiels » que mon valet de chambre, Herbert, a apportés de l'Élysée et qu'une infirmière a accrochés sur un cintre. Mes jambes sont faibles. J'ai du mal à enfiler mes chaussettes.

Curieusement, cette période d'inactivité ne m'a pas déplu. Retrouver le cours de ma fonction représente un effort auquel je ne suis pas encore totalement préparé !

On a prévu une petite cérémonie pour mon départ. Quand je sors de l'ascenseur au rez-de-chaussée et que j'avance sur le linoléum vert, j'aperçois la quasi-totalité du personnel de l'hôpital aligné pour former une double haie. Ils sont en tenue de travail : les agents de service, les aides-soignantes, les infirmières, les anesthésistes. J'en reconnais plusieurs et je m'efforce de serrer leurs mains, sans beaucoup d'énergie.

Au bout du rang de droite se trouve le chirurgien qui

m'a opéré, le professeur Teysson. Il est revêtu de sa blouse et a placé ses lunettes dans une poche sur sa poitrine. Il vient sans doute de terminer une intervention. Je le remercie chaleureusement. Il a un beau visage intelligent.

« Ne me remerciez pas, me dit-il. Je n'ai fait que mon devoir, mais je l'ai fait avec bonheur, parce que c'était vous. »

Je prends ses mains dans les miennes, ses mains qui ont tenu les instruments de chirurgie.

Tout est blanc, dans cette antichambre, en dehors d'un comptoir d'accueil en bois clair derrière lequel se tiennent deux réceptionnistes. Vers la sortie, on trouve de grandes baies vitrées qui donnent sur le boulevard du Port-Royal, mais mes yeux sont fatigués et ma vision est trouble.

La dernière personne qui attend sur la file de gauche, en face du professeur Teysson, est Dominique Piétrini. Elle porte son uniforme militaire sur lequel sont cousus ses galons, comme je n'avais pas l'habitude de la voir. Elle se tient droite, sans raideur et me sourit :

« Au revoir, Monsieur le Président de la République. » S'agissant d'une cérémonie, même modeste, elle emploie la terminologie officielle. « J'ai été très heureuse d'accompagner votre convalescence, et de vous voir rétabli. » Elle baisse un peu la voix. Ses yeux s'échappent. « J'ai été très heureuse aussi de vous connaître, ajoute-t-elle.

— Je vous remercie beaucoup, Dominique, grâce à

vous ce séjour a été un moment très agréable à vivre. Vos attentions et vos soins m'ont permis d'oublier le drame. Et aussi, grâce à vous, je me retrouve un peu plus neuf ! »

Je sens intensément sa présence physique devant moi, le rayonnement de son front, de sa bouche, de ses mains qui m'ont si soigneusement caressé.

« À bientôt », lui dis-je.

Dominique Piétrini ne me répond pas. Elle connaît la vie mieux que moi.

*

Pendant que la voiture traverse Paris, en direction de Rambouillet, par le boulevard du Montparnasse et les Invalides, j'ai la sensation d'une fête, d'une kermesse, d'un carnaval. La foule est bariolée et joyeuse et marche allègrement en direction de nulle part. Le soleil reluit sur les voitures, fraîchement lavées. Après ces longues semaines de raideur et d'immobilité ligotée, tout ceci a l'allure d'une danse du dieu Printemps, mais je n'ai pas encore assez de force pour y participer. Trop faible, avec mes muscles cotonneux, et aussi parce que je porte en moi la cicatrice de quelque chose de chaud, de précieux, de protégé, dont je regrette que cela s'achève. Bizarrerie de mon cœur.

*

Une semaine a passé, mais je n'ai pas encore l'énergie nécessaire pour descendre les marches de l'escalier en colimaçon de Rambouillet et accueillir Patricia dans l'antichambre du château. Je l'attendrai ici, dans la galerie des Cerfs.

Par la fenêtre, je guette l'arrivée de sa voiture. Elle débouchera au bout d'une longue allée. Avant de s'enfoncer dans la forêt en direction de l'entrée du domaine, cette allée est fermée par une grille, entre deux pavillons symétriques, dont l'un est occupé par le dresseur des chiens. Dans l'ombre des arbres, je vois maintenant s'avancer la voiture de Patricia, haute et noire.

Lorsqu'elle arrive devant le perron, l'intendant et les huissiers se précipitent pour ouvrir la portière. Ils se trompent de côté : la Princesse est assise à gauche. Lorsqu'une scène est vue de haut, combien paraît-elle plus agitée ! Les corps, réduits à la tête et aux épaules auxquelles s'ajoute la pointe des pieds, se déplacent dans tous les sens, portant des vêtements et des valises.

Patricia monte l'escalier, j'entends ses pas sur les marches. J'ai reculé de quelques mètres pour mieux la voir avancer. Je la connais pourtant bien, je l'ai beaucoup regardée, j'ai observé, senti, tous les replis de sa peau, mais sa démarche, lorsqu'elle s'approche de moi, constitue un émerveillement total. Elle porte un ensemble noir. Ses cheveux sont coupés un peu plus court et forment une mousse de boucles blondes. Comme souvent, elle incline sa tête vers l'avant et m'observe avec ses yeux bleus lisses.

Sa petite suite de deux personnes est restée derrière elle, contenue dans la porte par l'intendant.

Elle ouvre les bras, j'ouvre les bras. Quelle absurdité que la distance ! Je la serre aussi fort que je peux.

« Bonjour, Henri, je suis venue te faire une visite pendant ta convalescence. C'est bien le mot ? Et aussi t'apporter une invitation. » Elle a repris son tutoiement, interrompu par l'attentat.

« Venez, Patricia, lui dis-je. Nous allons nous asseoir pour entendre votre invitation. » Je prends sa main, forte et tiède, dans la mienne et je la conduis par le corridor jusqu'au salon.

Nous nous asseyons sur le canapé, le même où je l'ai déjà reçue. L'intendant, qui pense à tout, apporte du café dans un service de porcelaine de Sèvres bleu.

« Comment te sens-tu ? Tu n'as pas bonne mine, me dit-elle. Je ne suis pas sûre qu'on t'ait bien soigné, ajoute-t-elle, par dérision pour moi. Est-ce que tu as recommencé à faire du sport ? Et quand penses-tu revenir à l'Élysée ? »

Je suis étourdi par tant d'énergie et de sollicitude.

« Cela fait beaucoup de questions ! Je vais mieux, mais je n'ai pas retrouvé mes forces. C'est pour cela que je ne suis pas venu vous attendre au bas de l'escalier, ce qui est grossier de ma part.

— J'ai connu pire ! » me répond-elle en riant. Elle tient sa tasse de café dans sa main droite. J'ai saisi sa main gauche, celle qui est près de moi, et je caresse ses doigts.

« Pour le sport, je n'ai pas recommencé, même le tennis. Tout ce que je fais, c'est de marcher dans la forêt, mais je rentre au bout d'une heure car je suis vite fatigué.

— Et ton retour à l'Élysée ? »

Nous nous parlons en anglais. Son « you » me dit « tu », mais mon « you » lui dit « vous », parce que c'est une Princesse de rêve et que ses doigts se laissent doucement caresser.

« Le jour n'est pas encore fixé, lui dis-je, c'est le médecin de la Présidence qui décidera. Il vient me voir tous les deux jours et il m'a parlé de la fin de la semaine prochaine, ou plutôt le lundi suivant.

— C'est encore loin, me dit la Princesse. C'est pour cela que je t'ai apporté une invitation : tu devrais venir achever ta guérison chez moi. »

Je ne peux dissimuler mon étonnement.

« Tu sais donc que j'habite maintenant Paris, où mes enfants viennent me rejoindre toutes les deux semaines, continue-t-elle. Dès que notre séparation a été officiellement annoncée par mon mari, je suis partie et je me suis installée dans l'appartement dont je t'ai parlé, en face du parc Monceau et j'ai commencé à aménager le tien, sur le palier. Il n'y avait pas grand-chose à y faire et cela devrait être fini dans trois ou quatre jours. Tu pourrais y venir. Tu y serais très tranquille. Personne ne viendrait t'y déranger ! Il n'y aurait que moi. »

C'est sa main, désormais, qui caresse la mienne ; je sens la douceur de sa paume.

« Vous avez amené du personnel de Londres ? » lui ai-je demandé. Question dépourvue de sens mais qui me permet de gagner du temps, car tous les éléments de réponse sont embrouillés dans mon cerveau : l'Élysée, les journalistes, le Premier ministre, les autorités et les médias britanniques qui vont se déchaîner vis-à-vis d'une France irresponsable et légèrement ridicule.

« Très peu de monde, me répond-elle. Trois personnes en tout pour s'occuper des enfants et de moi, et aussi ma secrétaire qui remplace le major McCollum que tu n'aimais pas beaucoup !

— Je ne pouvais pas le supporter parce qu'il était arrogant et omniprésent. Il rentrait par la fenêtre quand on le chassait par la porte !

— Il était comme cela parce qu'il était jaloux de toi ! C'est d'ailleurs la seule preuve d'intelligence qu'il m'ait donnée, ajoute-t-elle philosophiquement. Il y a aussi un détachement du service de sécurité, géré par l'ambassade, et qui dispose, je crois, d'un bureau dans l'immeuble à côté. Mais tu n'as pas à régler ces problèmes. C'est à moi de m'occuper de toutes ces questions. Quand penses-tu pouvoir arriver ? »

Le mieux, me dis-je, serait de faire coïncider ce séjour avec la fin de ma convalescence, avant mon retour formel à l'Élysée. Après, quoi qu'en pense Patricia, cela deviendrait impossible. La pression des journalistes, voire même celle de l'opinion, ne serait pas gérable.

« Je vais en parler à mon médecin, lui dis-je. S'il me

confirme que je pourrai revenir à la Présidence lundi en huit, je pourrais arriver chez vous jeudi.

— Ce serait très bien ! Est-ce que je peux parler de quelques détails avec ton intendant ? Lui fais-tu confiance ?

— Entièrement confiance... »

Patricia repose sa tasse.

« Je ne vais pas rester longtemps, me dit-elle. Je ne veux pas te fatiguer. En plus, j'ai des rendez-vous à Paris avec ce que vous appelez des ONG. Je ne supporte pas de rester inutile et je compte bien continuer ce que j'ai commencé à Londres, surtout concernant l'exploitation du travail des enfants. Vous avez des organisations internationales très importantes à Paris, l'UNESCO pour l'éducation et l'OCDE pour l'économie, mais tu n'as pas l'air de t'y intéresser beaucoup ! »

Elle se redresse. C'est tout juste si elle ne me regarde pas de haut.

« Si ! Je m'y intéresse ! lui dis-je. Je devais me rendre à l'UNESCO le mois dernier pour l'installation du nouveau directeur général. Ils ont eu l'idée intelligente de choisir un Prix Nobel de littérature. Pourvu qu'il ait aussi le sens de l'organisation... Mais j'en ai été empêché. »

Je suis irrité contre moi-même d'avoir cru bon de me justifier. Mais déjà Patricia poursuit :

« À propos, sait-on qui a voulu t'assassiner ?

— Oui, l'assassin a été arrêté. C'est un habitant du Kosovo. Il a expliqué aux enquêteurs que je soutenais la demande de la Serbie de conserver un statut spécial pour la partie du Kosovo à majorité serbe, ce qui est exact.

— Pourquoi soutiens-tu la Serbie ? Les Serbes se sont conduits comme des bandits en Bosnie. Le général qui commandait nos forces m'a raconté des horreurs !

— Je ne soutiens pas spécialement la Serbie. Je soutiens le droit des gens. Les Serbes, qui habitaient au Kosovo avant la conquête turque, ont le droit qu'on reconnaisse leur identité et leur religion. Ce sont des chrétiens orthodoxes. »

Patricia s'est redressée sur le dossier du canapé, comme pour y trouver appui pour un débat contradictoire.

« Ce n'est pas une raison pour dépecer le Kosovo ! réplique-t-elle. Cela ne veut pas dire que j'approuve le geste de ton assassin, ajoute-t-elle. C'est une abomination de vouloir tuer ! » et pendant qu'elle parle, ses yeux s'embrument et s'entourent d'un cerne humide.

« Enfin, tu vas mieux, me dit-elle. Tu es capable de me contredire ! » Patricia se lève. Je reste assis et je la regarde, longue dans son tissu noir, avec sa superbe silhouette que je n'ai même pas effleurée.

« Viens, me dit-elle. Tu vas m'accompagner jusqu'en bas. C'est plus facile de descendre. Et je déteste te quitter. »

*

Décidément, depuis mon séjour au Val-de-Grâce, je ne reconnais plus l'endroit où je me réveille.

J'ai dû dormir longtemps. Où suis-je ? J'entends la voix de Patricia qui me dit :

« J'ai cru que tu ne te réveillerais jamais ! »

La lumière venant de la fenêtre me fait réaliser que c'est déjà la fin de l'après-midi. Je suis étendu sur le lit. Patricia est allongée à côté de moi, la tête sur un coussin. Elle tient un livre dans ses mains et elle est vêtue d'une sorte de peignoir ou de robe en tissu éponge blanc, à bordure de filet rouge, qui se relève à mi-cuisse sur ses jambes repliées. Elle a quitté ses chaussures qui sont renversées par terre, sur la descente de lit.

Avec le soleil, le tissu éponge, la peau dorée de Patricia, l'ambiance est balnéaire. Je ne serais pas surpris d'apercevoir la mer, une immense tache de liquide bleu, au-delà de la fenêtre. Ce n'est que le parc Monceau. En quittant l'Élysée, j'ai gagné, il y a quelques heures, l'appartement de Patricia.

« J'ai apporté un livre pour passer le temps », me dit-elle.

Elle me montre la couverture, sur laquelle je peux lire « Charles Dilke ».

« C'est l'histoire d'un scandale politique sous le règne de la Reine Victoria ; pas ma belle-mère, mais son ancêtre. L'auteur, Roy Jenkins, a beaucoup de talent. Tu as dû le connaître.

— Non, malheureusement, c'était avant mon époque.

— Je vais te laisser maintenant mais je t'attends pour dîner vers huit heures. Si cela ne t'ennuie pas, mes enfants dîneront avec nous.

— J'en serai ravi, mais je viendrai un peu plus tôt pour te parler tranquillement.

— À tout à l'heure ! »

Elle se tourne de côté, m'embrasse en m'effleurant la joue et pose ses pieds sur le tapis, où ils cherchent à tâtons ses chaussures. Elle défroisse de la main la couverture et prend son livre pour l'emporter.

« À tout à l'heure, Patricia ! » lui dis-je.

XIII

LA DEMANDE

Je suis entré dans la salle de bains pour me raser, car je ne l'avais pas fait depuis deux jours. Au-dessus du lavabo, une grande glace court d'un mur à l'autre. Je m'y regarde. Elle me renvoie l'image d'un visage émacié et pâli, ombré çà et là d'une barbe naissante.

Pendant que je me rase, surgit en moi une idée folle, insensée mais délicieuse. Je continue à me raser, je contrôle le parcours du rasoir sur ma joue dans le miroir, mais cette idée s'accroche à moi : insensée, mais cependant pratique, une idée neuve qui ferait bouger les choses. J'en parlerai à Patricia tout à l'heure…

L'intendant Fleuret, qui m'attendait dans mon bureau, me fait part des dispositions qu'il a prises.

« J'ai fait installer une ligne de téléphone branchée sur le standard de l'Élysée et une autre, me dit-il, pour les appels directs. Herbert a apporté des vêtements qu'il a rangés dans le placard et disposé vos affaires de toilette dans la salle de bains. Je crois que vous prévoyez de rester deux ou trois jours. Pouvez-vous me donner vos instructions pour les repas ?

— Très volontiers. Venez me voir le matin dans ce bureau, à dix heures. Je vous indiquerai le programme de la journée. Il ne sera pas chargé, car je veux achever ma convalescence pour pouvoir regagner l'Élysée dès lundi matin. Quant à ce soir, vous n'avez pas de dîner à prévoir.

— Bien, Monsieur le Président. Je serai là demain matin. »

Il devine parfaitement quel sera le lieu de mon dîner. Son visage ne trahit aucune réaction : son immobilité est l'expression ultime de sa bienveillance.

*

J'ai sonné à la porte voisine sur le palier. C'est Patricia qui m'a ouvert. Elle porte une robe en dentelle noire.

« Je viens juste de m'habiller pour le dîner. »

La femme de chambre, alertée par mon coup de sonnette, débouche dans l'entrée. Patricia lui fait signe de s'éloigner :

« Ce n'est pas la peine, Guadalupe ! lui dit-elle. Je vais rester avec le Président dans mon bureau. Et prévenez les enfants que nous dînerons dans une demi-heure. »

J'observe l'appartement autour de moi pendant que nous empruntons le corridor qui conduit au bureau de Patricia. Un confort apparent, avec ce qui convient d'art contemporain sur les murs ; une quantité de petits objets en porcelaine et en métal argenté, qui encerclent les lampes posées sur des tables rondes, dont les draperies de brocart font pendre leurs plis jusqu'au sol.

« Ne regardez pas trop ! me dit-elle. Ce n'est pas moi qui ai décoré cet appartement, c'est mon amie Katherine. Elle a des goûts assez conventionnels et pas mal d'argent. Elle a fait travailler un décorateur très connu chez vous, qui a un château en Normandie. Enfin, c'est confortable ! »

Nous sommes arrivés dans la pièce qui lui sert de bureau. Une pendule de bronze doré marque l'heure sur la cheminée et, à chaque retour du balancier, on entend un léger déclic. Patricia pose sa main sur la place libre à côté d'elle sur le canapé, un canapé épais, profond, bourré de coussins bariolés.

« Assieds-toi, Henri, me dit-elle. C'est bien agréable d'avoir un peu de temps pour parler. Mais il me semble que tu as l'air bizarre. C'est peut-être l'effet des médicaments.

— Non, ce ne sont pas les médicaments, mais l'idée que j'ai en tête et que je voudrais vous communiquer.

— Mon Dieu, une idée ? Quel événement ! Tu n'as pas beaucoup d'idées habituellement, en dehors de chasser et de te faire assassiner… »

Je retiens mon souffle ; j'ai le cœur qui bat, aussi fort que celui d'un adolescent.

« C'est une idée nouvelle, Patricia : je vous demande si vous accepteriez de m'épouser ?

— T'épouser, Henri ! » s'exclame Patricia, stupéfaite.

Je l'ai prise complètement au dépourvu. Elle me regarde avec des yeux fixes, et comme hagards, et cherche à reprendre ses esprits.

« C'est une idée absurde, Henri, me répond-elle après un court moment. Je ne sais pas ce qui a pu te la mettre dans la tête, peut-être est-ce l'effet des médicaments qu'on t'a donnés après ton attentat ? Mais c'est impossible ! Pas pour toi, parce que tu es veuf et libre. Mais impossible pour moi : je suis encore mariée enfin, plus ou moins... Et j'appartiens à l'Église d'Angleterre. Et puis les réactions en Grande-Bretagne et, sans doute en France, seraient dévastatrices, entre l'indignation et le ridicule... »

Elle retrouve vite sa capacité d'analyse. Elle commence à peser le pour et le contre : beaucoup de contre et guère de pour. Afin d'alimenter son raisonnement, elle m'interroge :

« Comment cette idée bizarre t'est-elle venue ? Jusqu'ici tu me tenais des propos raisonnables, et même un peu banals. » Elle réfléchit : « Sauf lorsque nous étions tous les deux seuls ensemble », et reprend : « Et maintenant, d'un seul coup, tu me demandes de t'épouser. Qu'est-ce qui t'arrive ?

— C'est vrai que cette idée m'est venue tout à coup, mais elle devait germer depuis longtemps, lui dis-je. Elle a pris forme tout à l'heure, quand je vous ai vue quitter mon appartement. Je ressentais trop le vide, le désespoir du vide. Je crois que je ne peux plus vivre sans vous, ni non plus me cacher pour vous retrouver, même si j'ai pu naguère encore y trouver du plaisir. Vous avez pris en horreur nos rencontres de Soucy-le-Lierre. Et maintenant, au moment où je vais reprendre ma fonction, je ne supporte plus cette clandestinité.

— Les lunettes noires te vont pourtant bien », réplique Patricia.

Je ne veux pas me laisser entraîner sur le terrain du badinage.

« Je voudrais, dis-je, pouvoir mener avec vous une existence normale, décider de partir, de séjourner quelque part sans avoir besoin de nous cacher. Je sais que vous n'avez aucune intention de venir habiter à l'Élysée. D'ailleurs ce n'est pour moi qu'un lieu de travail. »

On entend des exclamations et des réparties dans le couloir. Ce sont les enfants qui arrivent pour le dîner.

Patricia se lève et entrouvre la porte. En se retournant, elle me dit :

« Il vaut mieux ne pas aborder ce sujet pendant le dîner ! Je te remercie de ton idée, qui est d'inspiration absurde, mais plutôt gentille. Nous en reparlerons plus tard. »

Je ne pense plus à mon idée. Je suis à nouveau tout à la contemplation de Patricia dans sa robe de dentelle, serrée à la taille, avec ses souliers à talons hauts et à bouts pointus, qui se penche dans l'embrasure de la porte pour accueillir son fils et sa fille.

Et moi, inutile et à vrai dire encombrant dans cette pièce, je me sens allégé d'un grand poids après lui avoir fait part de mon idée.

*

Après le dîner nous avons regardé ensemble un film produit par la télévision britannique. Le jeu des acteurs était remarquable comme souvent, mais je suivais les dialogues avec peine. Les enfants sont partis se coucher, car ils devaient regagner Londres tôt le lendemain matin.

Après leur départ, Patricia m'a détaillé le programme du voyage qu'elle va entreprendre à partir de mardi en Amérique du Sud pour le compte de l'UNESCO. C'est une étude fort sérieuse sur le travail et l'éducation pour les enfants des classes pauvres. Elle a l'intention de visiter les écoles des quartiers déshérités de la plupart des grandes villes, et compte rédiger un rapport à son retour. C'est un trait singulier de sa personnalité que la passion qu'elle met à servir des causes humanitaires. Cette passion semble en contradiction avec d'autres aspects de son caractère, le soin qu'elle porte à son habillement et son goût pour les distractions nocturnes, que rapporte la presse anglaise. En tout cas, ce soir, elle est absorbée, dévorée par son sujet. Elle ne me regarde pas et a les yeux tournés vers le plafond, comme à la poursuite d'un rêve intérieur. Je me souviens d'avoir lu que cette même passion l'habitait déjà au début de son adolescence, très loin des préoccupations de son environnement familial.

« Je parle trop, me dit-elle. Je t'ennuie avec mes histoires ! »

Elle m'observe pour vérifier si je suis capable de prendre intérêt à ce qu'elle me raconte de ses projets. Elle ne m'interroge pas ; elle cherche seulement à évaluer. J'y vois la marque de sa solitude.

Nous nous levons tous les deux. Elle éteint les lumières une à une. Dans le corridor, elle ouvre la porte de sa chambre ; elle ne se retourne pas. J'entrevois le lit, garni de draps blancs, décorés d'un semis de petites taches bleues. Des fleurs sans doute. Contre le mur s'appuient deux oreillers. Patricia se tient au milieu de la pièce. Je referme la porte derrière moi et je m'avance jusqu'à ce que je puisse embrasser son cou, au ras de la robe, là où s'arrête la dentelle noire.

*

Dans l'obscurité, avec nos lèvres emmêlées, la bouche de Patricia se détache et se rapproche de mon oreille, où je l'entends me dire :

« À propos de ton idée absurde, j'y réfléchirai et je te donnerai ma réponse. »

XIV

LA RÉPONSE

Lundi matin, lorsque je suis revenu à l'Élysée, j'ai choisi d'entrer par la cour qui donne sur la rue du Faubourg-Saint-Honoré. J'ai reconnu le crissement familier du gravier sous les pneus, et j'ai monté les marches du perron. Dans l'antichambre du rez-de-chaussée je me suis arrêté pour serrer les mains des deux gardes républicains et de l'huissier. Puis il m'a fallu emprunter l'escalier, pour éviter l'ascenseur que je n'utilise jamais. J'ai dû m'appuyer sur la rampe, la belle rampe en fer noir et en bronze doré, car mes jambes me soutenaient mal. Et me voici sur le palier, à l'étage de mon bureau.

Je traverse le salon doré où se tenait le général de Gaulle, et où j'évoque chaque fois son impressionnante silhouette lorsqu'il reconduisait ses visiteurs jusqu'à la porte. Puis je pénètre dans le bureau de mes secrétaires. Elles ont été prévenues de mon arrivée, et se lèvent en repoussant leurs sièges. Je m'avance vers Madame Burgenne qui a assuré la permanence pendant ma longue absence.

J'embrasse sa joue poudrée, et je tends la main à son adjointe, Odile.

« Nous sommes tellement heureuses de vous revoir, Monsieur le Président, me disent-elles. Nous avons eu très peur de vous perdre. »

Je suis trop ému pour leur répondre. J'entre enfin dans mon bureau et referme la porte derrière moi.

Je fais des yeux le tour de la pièce. Je regarde la tenture vert pâle des murs, les deux petits bronzes de la collection de Louis XIV dont je me demande comment ils sont arrivés là, les ruines peintes par Hubert Robert, et les deux coffrets rouge et bleu, au couvercle ouvert, qui présentent les insignes de nos ordres nationaux, la photo de John Kennedy, posée sur un meuble d'appui, mais surtout, bien sûr, mon fauteuil de cuir marron, raide et vide derrière mon bureau. Je suis chez moi, enfin chez moi, dans cette pièce que j'imaginais ne jamais revoir, pendant les cauchemars embrouillés de mes premières nuits d'hôpital !

Il n'y a pas de dossier posé sur ma table de travail. J'aimerais m'installer derrière elle, en reprenant mes habitudes, ouvrir une chemise cartonnée contenant les notes de mes collaborateurs, prendre mon temps pour les lire calmement, et écrire mes annotations dans les marges.

Le silence n'a jamais cessé ici. Il n'y a eu ni explosion, ni clameurs. Je traverse la pièce en diagonale pour aller m'asseoir sur le canapé, entre les deux fenêtres, d'où l'on aperçoit les massifs fleuris du parc. J'étends mes bras de chaque côté et je m'étire, geste que je n'oserais jamais faire s'il y avait des visiteurs.

Mais il n'y en a pas. Je suis seul dans cette pièce que je contemple, comme la coquille où je viens m'abriter.

*

Je n'ai reçu aucune nouvelle de Patricia depuis dix jours. Nous étions convenus de ne pas nous téléphoner, tant cela paraissait compliqué. À cause du décalage horaire d'abord, mais aussi parce qu'elle serait en représentation permanente et dans l'impossibilité de répondre tranquillement à mon appel. C'était également vrai de mon côté, car mon emploi du temps était dense depuis ma reprise de fonctions, mais par une sorte de superstition ou d'espoir vague, je gardais toujours dans la poche de mon veston mon téléphone portable, branché sur la position vibrante.

Le mercredi après-midi est le moment où je reçois ce qu'on appelle les « lettres de créance » des nouveaux ambassadeurs nommés à Paris. Il y en avait trois qui avaient dû attendre la fin de ma convalescence. Ils se succèdent de demi-heure en demi-heure. Selon l'usage, je les recevais dans le salon qui servait de bureau au général de Gaulle, vêtu d'une jaquette grise et d'un pantalon rayé. Ils me remettaient leur document d'accréditation puis je leur adressais quelques mots de bienvenue, flatteurs pour leur pays, et relevés, lorsque je le pouvais, de souvenirs personnels.

Le premier à être reçu était l'ambassadeur du Brésil. Au moment où j'allais évoquer ma prochaine visite dans son pays, le téléphone portable s'est mis à vibrer dans la poche de mon pantalon. J'ai feint de ne rien remarquer, en espérant que le bruit était trop faible pour être entendu. L'ambassadeur, à quelques pas de moi, est demeuré impassible et j'ai pu achever mon discours sur « le développement particulièrement souhaitable des relations amicales entre nos deux pays, auquel nous invitent nos aspirations et nos valeurs communes ». Mais je grillais d'impatience.

Pendant les quelques minutes qui séparaient le départ de l'ambassadeur de l'arrivée du suivant, je me suis rapproché de la fenêtre. Fébrilement, j'ai extrait de ma poche le petit appareil. Mon cœur battait à coups redoublés. La gaîté du soleil d'été jouait avec les feuillages du parc. Était-ce Patricia qui m'avait appelé ? Qu'allait-elle me dire ?

J'ai réussi à dégager le téléphone portable. Son cadran phosphorescent était allumé et j'y ai lu : « Vous avez un nouveau message. » J'ai appuyé sur la touche : le message s'est affiché :

Dearest H, I agree. Love, P.
Envoyé de Lima – 07 h 15

Je réagis toujours aux émotions les plus fortes par une totale immobilité intérieure. J'attends que le bonheur, ou la peine, s'installe et règne en maître.

Cette fois-ci, ce sera le bonheur mais il a encore besoin de quelques minutes pour exister.

Je me détourne de la fenêtre et j'aperçois l'huissier.

« Vous pouvez faire entrer Monsieur l'Ambassadeur de Finlande », lui dis-je.

Dans mon cœur immobile, le bonheur, le bonheur étincelant, poursuit son avancée.

XV

POIGNY-LA-FORÊT

Je n'assisterai jamais plus, sans doute, à un aussi joli faux mariage ni à une aussi émouvante vraie bénédiction.

Les préparatifs ont été compliqués. Le Président Lambertye voulait en charger le secrétaire général de la Présidence. Celui-ci lui a déclaré, sur un ton raide, que cela n'entrait pas dans ses attributions. Le Président lui a répondu sèchement qu'il n'entrait pas non plus dans ses attributions de lui parler sur ce ton. Je ne serais pas surprise d'apprendre dans quelques mois qu'il devra désormais se passionner pour la gestion des Monnaies et Médailles ou la tenue du Grand Livre de la Dette publique…

C'est donc au chef de cabinet, le jeune préfet Jean Lanthier, et au représentant du Protocole, Olivier Pérusse, qu'il revient d'organiser la manifestation. Nous nous réunissons tous les trois, dans le bureau de Jean Lanthier, situé dans l'aile gauche du palais, avec deux fenêtres qui donnent sur la cour, pour coordonner l'action des différents services.

Lors de notre première réunion, il y a une semaine, un coup léger a été frappé à la porte. Jean Lanthier a répondu au visiteur d'entrer, en pensant qu'il s'agissait de l'huissier chargé de lui apporter la presse. C'était le Président.

Celui-ci était d'humeur joyeuse. Il restait par chance un fauteuil disponible. Le Président s'y est assis et, en déplaçant nos sièges, nous avons formé un cercle de discussion. Il m'a placée à sa droite.

« Alors, où en êtes-vous de vos préparatifs ? a interrogé le Président.

— Tout au début, a répondu le chef de cabinet. Nous venons de commencer mais nous butons sur une première difficulté. Anne nous a dit que vous souhaitiez un mariage religieux, mais c'est impossible !

— Pourquoi ?

— La loi française prescrit que la cérémonie religieuse ne peut avoir lieu qu'après la célébration du mariage civil. C'est une règle absolue. Or le mariage civil ne peut pas intervenir.

— Pourquoi ? demande à nouveau le Président, en souriant comme s'il connaissait déjà la réponse.

— Parce que la Princesse de Cardiff est encore mariée, Monsieur le Président. La procédure de divorce est bien engagée, mais elle durera sans doute jusqu'à la fin de l'année.

— Il n'y a pas d'exceptions possibles ? interroge le Président. On célèbre aussi des fiançailles. Ne pourrait-on pas imaginer une bénédiction à l'occasion des fiançailles ? Pour l'opinion, ce serait presque équivalent. »

Olivier Pérusse, dont je me souviens qu'il a une mère espagnole, intervient dans le débat :

« Je crois, Monsieur le Président, que les règles sont différentes en Espagne. La célébration religieuse peut précéder la cérémonie civile. Si vous le souhaitez, je pourrais me renseigner.

— Ce n'est pas nécessaire, Olivier, lui répond le Président. Je n'ai pas l'intention d'aller me faire bénir en Espagne ! Cela ajouterait encore au pittoresque de l'événement et ferait les délices de la presse. C'est vrai qu'il y a eu le précédent de Louis XIV et de Marie-Thérèse sur l'Île des Faisans. À propos, savez-vous si cette île existe encore ? »

Notre petit groupe garde un silence embarrassé. Personne ne connaît la réponse. Par les fenêtres ouvertes, on entend le crissement des pneus des voitures officielles sur le gravier de la cour d'honneur. L'air est bleu, comme la fumée d'un feu de bois. Le Président semble s'amuser avec nous. Il paraît jeune et très soigné, dans son costume de flanelle grise, marquée de fines rayures.

« Il faut que je vous quitte, nous dit-il. Je dois présider un Conseil restreint à cinq heures. Mais il me semble que l'idée à retenir est celle d'une bénédiction des fiançailles, qui légitimerait nos rencontres… »

« Rencontres » me paraît un mot faible, me dis-je en moi-même.

« À quel endroit faudrait-il envisager d'organiser cette cérémonie ? interroge le chef de cabinet. Ici, dans la chapelle de l'Élysée ? »

J'ignorais qu'il y eût une chapelle à l'Élysée ; je ne l'ai jamais vue ouverte.

Le Président paraît maintenant pressé de partir. Il déteste arriver en retard aux Conseils, ce qui ne se produit pratiquement jamais.

« Non ! Pas à l'Élysée. C'est à la fois trop pompeux et trop petit. Il faudrait un endroit chaleureux et ouvert sur l'extérieur, comme cette petite église près de Rambouillet, où je vais quelquefois le dimanche.

— Poigny-la-Forêt ? me suis-je hasardée à préciser.

— Oui, Anne, c'est bien cela. Vous devriez prévoir une bénédiction à Poigny-la-Forêt. Vous pourriez en parler au curé de ma part. C'est une forte personnalité, à la voix tonitruante, qui doit s'entendre à plusieurs kilomètres dans la forêt. Mais c'est aussi un esprit généreux, très cultivé, qui ruisselle de citations françaises et latines. »

J'irai lui rendre visite. Il me donnera sûrement son accord.

*

Poigny-la-Forêt est effectivement un village situé en pleine forêt, un petit village qui ressemble à un décor pour opéra rustique. Une route étroite le relie à la ville de Rambouillet. C'est par elle que le Président Lambertye vient d'arriver. Il a été accueilli sur le seuil de l'église par le curé, le Père Grenet, et s'y est enfoncé, suivi de ses deux enfants. Son fils François porte l'uniforme du régiment où il fait son service militaire. Les cheveux de jais du plus jeune, Jean, et ses yeux de couleur noisette légèrement étirés, rappellent l'origine italienne de sa mère. L'église est très petite et l'on peut voir, depuis l'extérieur, des cierges brûler sur l'autel, entouré de boiseries de chêne.

Le village est en pleine fête. Les fenêtres sont ornées de drapeaux français et britanniques et on a mis en place le décor du 14 Juillet. Le maire se tient au milieu de la rue, bruissante et frémissante de curiosité, pour attendre la venue de la Princesse par la route de Saint-Léger-en-Yvelines. Nous avons insisté sur le désir de simplicité du Président. On ne repère pas d'autres uniformes que ceux des gendarmes de Rambouillet, qui règlent la circulation. Le capitaine qui les commande m'indique que le village Saint-Léger-en-Yvelines est complètement engorgé et que la foule borde la route sur les deux côtés pendant plusieurs kilomètres.

« Il y a davantage de monde que pour le Tour de France », me précise-t-il, ce qui constitue pour lui un sujet visible de satisfaction. La directrice d'école de Saint-Léger a distribué à ses élèves des drapeaux en papier que ceux-ci agitent à bout de bras, dans une cascade de cris.

« La voiture de la Princesse arrive ! » m'annonce le capitaine, qui tient un appareil de radio collé à son oreille. Effectivement, une rumeur immense enfle et se rapproche dans la forêt. Entendue de loin, c'est le souffle humide d'une marée. De plus près, on distingue des cris et des applaudissements et aussi, comme un chant choral, les « a » du nom de Patricia.

Sa voiture, précédée de deux motocyclistes, débouche au tournant de la rue, à quelques dizaines de mètres à peine de l'endroit où je me tiens et s'arrête devant le maire.

Le chauffeur ouvre la portière et la Princesse descend de la voiture, ou plutôt paraît monter vers la rue, tant sa démarche est élégante et souple. Elle ne ressemble en rien aux contorsions habituelles des sorties d'autos. Elle s'avance maintenant vers l'église.

Nous avons fait installer, pour accueillir les photographes et les caméras, un échafaudage en tubes métalliques sur la petite place. Je le croyais gigantesque, rivalisant avec la Pyramide du Louvre, mais il se révèle insuffisant, dangereusement surchargé et débordé sur ses côtés pour la foule incontrôlable des opérateurs. Le bruissement et l'éclat des flashs le recouvrent d'une tapisserie de paillettes lumineuses. La Princesse ne semble pas le remarquer. Elle ne tourne pas la tête et avance vers l'entrée de l'église.

Elle porte un ensemble blanc, ou plutôt crème, très clair, avec une veste longue, cintrée à la taille, et une jupe qui s'arrête à mi-mollet. Dans l'échancrure de la veste, je vois un collier de pierres colorées, qui dessinent des fleurs. À son revers s'épanouit une rose, avec des feuilles vertes. Ses souliers à talons hauts sont faits de cuir blanc, ornés sur le devant de boucles dorées.

La Princesse et le Président se sont rejoints sur la marche du seuil. Le Président baise la main de la Princesse. Il est vêtu d'une jaquette grise et d'un pantalon légèrement plus clair, à l'image de ce qui se porte, paraît-il, aux courses de Chantilly. Il a accroché à sa veste une brochette de gardénias.

Derrière moi, la tempête s'est déchaînée. Les cameramen poussent des hurlements. Ils exigent que Patricia et le Président se retournent pour leur permettre de prendre leurs images. Aucun résultat, mais, leur dis-je, ils auront l'occasion de le faire à la sortie. « Ce sera trop tard pour le journal de 13 heures », me crie un journaliste. La Princesse et le Président s'enfoncent dans l'église.

⁂

La cérémonie est très simple : une messe ordinaire en latin et en français. Dans le chœur, on n'avait placé que nos enfants respectifs, l'ambassadeur de Grande-Bretagne qui tenait lieu de « père » à Patricia, et le Premier ministre, venu « à titre privé ».

Le Père Grenet a prononcé un sermon vigoureux et court. Pour contourner toutes les difficultés, il a choisi de commenter la phrase « Cherchez Dieu et il vous bénira ». La simplicité de sa voix, sans modulation ni roulement de gorge, rendait sa diction prenante. Un frisson d'émotion m'a parcouru.

J'avais convenu avec le Père Grenet que la bénédiction consisterait dans le geste habituel qui conclut la célébration de la messe, mais qu'il y ajouterait une note de solennité. La messe s'achève. Patricia et moi nous agenouillons sur deux prie-Dieu. Le Père Grenet lève la main et force sa voix pour qu'elle soit entendue dans toute la forêt. Il détache les syllabes de quelques mots latins : « *Benedicat vos omnipotens Deus* », la suite se perd dans les ovations.

Nous sommes maintenant sur le point de sortir. J'offre mon bras à Patricia et suis surpris de sa gravité soudaine. De son regard penché, elle me sourit et nous avançons vers la lumière éblouissante qui jaillit du parvis.

La chorale chante derrière nous le *Salve Regina*. Je respire l'odeur chaude, légèrement huileuse, des cierges, qui fait remonter dans ma mémoire des souvenirs d'enfance.

Et, pour le bonheur des photographes, mais aussi pour le mien car c'est une impulsion spontanée, je me tourne vers Patricia pour l'embrasser, sous sa couronne de mèches blondes.

*

Lorsque nous avons réussi à monter dans notre voiture, Patricia et moi, protégés des mains tendues et des téléphones portables ouverts pour les photos par un cordon de gendarmes bataillant et couvert de sueur, je lui ai expliqué notre itinéraire :

« Nous allons prendre la route directe pour Rambouillet, qui nous permettra d'éviter la foule. Elle a été fermée à la circulation.

— Pourquoi cherches-tu à éviter la foule ? me

demande Patricia. Ils sont venus pour nous voir, il ne faut pas les décevoir !

— Comme vous le souhaitez », lui dis-je. Et je me penche vers le chauffeur, Gabriel Lavoie : « Finalement nous allons repartir par la route de Saint-Léger-en-Yvelines puis, de là, nous gagnerons Rambouillet. »

L'officier de police, qui occupe le siège voisin de celui du chauffeur, relaie l'information par radio à la gendarmerie et nous engageons notre périple.

La foule compacte tout le long de la route cherche à nous voir, ou plutôt à la voir. Comme la voiture où nous avons pris place – une Citroën – est basse, les spectateurs doivent se pencher pour regarder à l'intérieur, si bien que nous contemplons devant nous deux longues files de personnes pliées en deux, le buste incliné vers l'avant. Pour leur faciliter la vue, Patricia m'a demandé de baisser la glace de la portière située de son côté et elle se tient droite, souriante, faisant des signes de sa main gantée de blanc.

Je la regarde faire et une impression me saisit : elle a vraiment l'air d'une jeune mariée. Dans la voiture, son vêtement est redevenu blanc, son collier est manifestement un cadeau de fiançailles. L'air qui souffle de l'extérieur anime son visage et le colore de taches roses ; ses lèvres sont légèrement ouvertes, sur l'alignement parfait de ses dents, comme dans l'attente d'un baiser. Elle écoute avec bonheur le bruissement continu de la foule. Ses yeux, bleu vif cette fois, scintillent en réponse. Elle se tourne vers moi entraînée, emportée par son bonheur de goûter cette curiosité, qu'elle prend pour un amour innombrable.

« They are nice ! So nice ! » me dit-elle.

Son enthousiasme me gagne. Elle prend ma main, la dépose sur son genou et se retourne vers la fenêtre ouverte.

*

Sur la route de Paris, la gendarmerie avait intentionnellement arrêté le trafic derrière nous, pour nous permettre de retrouver l'anonymat, suivis seulement des deux voitures de sécurité, la britannique et la française habituelle, qui a pris l'habitude de me talonner de plus près, depuis l'attentat. Nous avons emprunté le boulevard de Courcelles, puis nous sommes descendus dans le garage souterrain de l'immeuble de Patricia. Il était humide et silencieux, avec des taches de mazout sur le sol. Nous y avons laissé notre escorte et ouvert la porte métallique et vitrée de l'ascenseur.

Le bruit sourd et régulier de la montée de la cabine, accompagné d'un cliquetis au passage du premier étage, m'a fait revenir dans le monde réel. Le souvenir des acclamations, les éclats des flashs, se sont peu à peu effacés. Je commençais à retrouver mon rythme de pensée habituel. Patricia était appuyée contre la cloison de l'ascenseur, les yeux dilatés. Elle regardait encore la foule.

« Nous sommes seuls maintenant ; tu devrais

m'embrasser ! » m'a-t-elle dit d'une voix étrange, joyeuse et sourde.

L'arrêt brusque de l'ascenseur a mis un terme à ce projet. J'ai ouvert la porte et laissé Patricia sortir devant moi sur le palier. Les deux portes des appartements peintes en vert foncé nous regardaient comme les yeux d'une statue de l'Île de Pâques. Je me préparais à conduire Patricia vers son appartement lorsqu'elle a posé sa main sur mon bras.

« Où m'emmènes-tu ? m'a-t-elle demandé.

— Chez vous », lui ai-je répondu, sans trouver de meilleure réplique.

Patricia a éclaté de rire, pas un rire de bonne éducation, un hoquet satisfait à la manière britannique, mais un rire joyeux, amusé, le rire de la jeune mariée que j'avais entrevue dans la voiture.

« Tu te trompes, me dit-elle, nous n'allons pas chez moi ! À quoi aurait servi tout le tapage d'aujourd'hui si nous revenions dans mon appartement ? Viens ! » ajoute-t-elle, en me conduisant par le bras.

Nous nous sommes tournés dans l'autre direction. J'ai ouvert la porte d'entrée qui conduit chez moi, et soudain, d'un geste improvisé, j'ai passé un bras derrière les épaules de Patricia et l'autre sous ses genoux, et je l'ai enlevée pour franchir le seuil, presque à tâtons, tant la soie blanche de son vêtement me recouvrait à moitié le visage.

XVI

LA FOUDRE

Les deux mois qui ont suivi ont été les plus agréables à vivre de mon mandat. La situation politique est calme et il n'y a pas d'échéance électorale en vue. Cela n'empêche pas les futurs candidats et candidates de mener leurs intrigues, mais dans l'indifférence lassée de l'opinion publique. La marée de la dernière crise économique s'est retirée et la France retrouve un niveau plus satisfaisant d'activité et de croissance.

L'automne nous recouvre de son ciel pâle. L'air qu'on respire est propre et frais. Mon emploi du temps n'est pas trop chargé. Pas de grands déplacements, seulement un Conseil européen à Bruxelles sous la présidence belge. Dans un mois les chasses reprendront à Rambouillet et, dans deux mois, dans la forêt de Chambord, où j'ai invité les frères de Patricia.

Quant à elle, sa vie s'est apaisée entre Paris et Londres : deux tiers de temps à Paris et un petit tiers à Londres. Lorsqu'elle est ici, elle habite son appartement du parc Monceau et poursuit ses activités associatives. Elle prend des leçons de français et demande que désormais on l'appelle « Princesse Patricia » et non plus « Princesse de Cardiff ». Le plus souvent, elle vient me rejoindre pour déjeuner à l'Élysée et le soir je la retrouve chez elle. À cause de ses enfants, elle préfère m'attendre dans mon appartement.

Ce sont précisément les problèmes de ses enfants qui expliquent ses séjours à Londres, où la Reine Victoria lui a maintenu sa résidence de Kensington. Ces occasions leur permettent de rendre visite à leur père, dont la procédure de divorce va bientôt s'achever. L'aîné, le Prince James, vient de passer son baccalauréat avec mention. Patricia estime qu'il doit, en tant que futur Prince héritier, poursuivre désormais sa formation en Grande-Bretagne et elle cherche, parmi les grandes écoles civiles et militaires, l'établissement qui lui conviendrait le mieux. C'est un adolescent attachant. Il a hérité de l'élégance physique de sa mère et se montre courageux et sportif. En fin de journée, lorsque je me rends boulevard de Courcelles, il vient souvent me parler et m'interroger en me demandant de lui expliquer les événements internationaux.

Patricia repart demain pour un nouveau séjour à Londres.

« Je serai absente pendant cinq ou six jours, m'explique-t-elle, pendant que nous dînons dans mon appartement. Je suis obligée de me rendre en province pour visiter deux écoles pour James, et mercredi prochain je dois ouvrir un colloque sur la malnutrition des enfants dans certains pays d'Afrique. On me raconte, mais je ne sais pas si c'est exact, que leur nourriture n'est même pas suffisante pour leur permettre d'avoir la force de travailler dans les écoles, surtout s'ils doivent faire de longs trajets à pied pour y arriver le matin. À mon retour, je te raconterai nos conclusions et j'espère bien que tu m'aideras. La situation devrait être tranquille à Londres, car la Reine et le Prince de Galles sont partis pour assister aux fêtes commémoratives de l'indépendance de l'Inde. Les manifestations se dérouleront à New Delhi, bien sûr, mais aussi à Bombay et, je crois, à Bénarès. Pendant mon séjour, tu pourrais me téléphoner vers six heures, à l'heure de Grande-Bretagne. Pour toi il sera sept heures, et tu auras probablement fini tes réunions. Tu me raconteras ta journée, et j'espère que tu n'iras pas trop souvent au Val-de-Grâce, sous prétexte de contrôle, retrouver ton infirmière corse ! »

Il y a de la malice dans son ton de voix, où se retrouvent la finesse et la curiosité féminines.

« Ce n'est pas une infirmière, c'est un médecin ! lui ai-je répété. C'est convenu, Patricia, je vous appellerai en fin de journée. D'ailleurs, pendant votre absence, je séjournerai à l'Élysée. C'est trop triste de me retrouver ici sans vous. »

C'est vrai, c'est trop triste, une tristesse envahissante dans cet appartement où je ne reconnais plus rien, où l'air est froid et sans odeur, à moins que ce soit à la limite l'odeur du plâtre qui sèche. Je m'enfonce dans mon lit comme dans un terrier, sans même lire avant de m'endormir.

« Pour le Val-de-Grâce, ai-je ajouté, car je ne voulais pas lui faire le plaisir de me dérober à son ironie, j'aurai une séance de contrôle et de soins mercredi dans l'après-midi, après le Conseil des ministres. Elles ont lieu désormais tous les quinze jours. Ce sera une des dernières.

— Il est grand temps d'en finir ! s'exclame Patricia. Tu ne les regretteras pas trop ? »

*

Trois jours après le départ de Patricia, Anne Denîmes est venue dans mon bureau me présenter le compte rendu de la presse internationale.

« Parle-t-on encore de la cérémonie de Poigny-la-Forêt ? lui ai-je demandé pour commencer.

— Pratiquement plus, répond-elle. Au total, le bilan est très positif. La presse a vu les choses avec sympathie. Vous avez dû regarder le sondage de l'IFOP : votre attitude est approuvée par soixante-treize pour cent des Français.

— Et en Grande-Bretagne ?

— C'est plus compliqué. La famille royale n'a fait aucun commentaire, et elle reste embarrassée par le divorce en cours. La presse populaire a renchéri sur l'image romantique qu'elle donne de la Princesse de Cardiff depuis plusieurs années. Les photos qu'elle a publiées d'elle sont absolument superbes. Je n'ai pas eu connaissance de sondages. Naturellement, la presse anti-française s'est déchaînée. Elle a même réussi à renouveler son vocabulaire en versant dans la grossièreté.

— Ce qui la ramène à sa vocation d'origine ! lui dis-je en souriant.

— On vient d'apprendre, ajoute Anne, l'horrible accident qui s'est produit dans une mine de charbon près de Durham, dans le nord de l'Angleterre. C'est une des dernières mines encore en activité et sa fermeture était imminente. Un nouveau système de pompage de l'eau qu'on y expérimentait a explosé, provoquant l'effondrement de plusieurs galeries. On parle de plus de quarante-cinq morts. La Princesse Patricia a déjà quitté Londres pour se rendre sur place. Le Palais de Buckingham a annoncé que la Reine et le Prince de Galles ont décidé d'interrompre leur voyage en Inde et qu'ils rejoindront la Grande-Bretagne dans la journée de demain.

— Qui vous a dit que la Princesse Patricia était partie ?

— C'est une dépêche d'agence qui l'annonce. »

***

Le Président a l'air très ému. Il doit imaginer la Princesse se penchant sur l'alignement des corps étendus sous des couvertures, les yeux encore ouverts et les visages gris de poussière. Elle cherche les mots à adresser aux familles qui commencent à arriver, aux femmes aux paupières rougies, et aux gamins tenus par la main, qui découvrent, sans comprendre de quoi il s'agit, que leur père qui parlait fort, qui rentrait tard la nuit après un trajet en vélo, est couché parmi les autres sans qu'il puisse se relever, les mots qui fondent de banalité aussitôt qu'on les prononce, qui ne soulagent rien, mais constituent un insupportable bavardage devant le silence de ces gisants.

Il décroche son appareil de téléphone et parle à sa secrétaire :

« Pouvez-vous essayer de joindre la Princesse Patricia, demande-t-il, si elle est disponible. Mais surtout, surtout qu'on ne la dérange pas si elle est sur place... »

Et il se tourne vers moi :

« Essayez de me tenir au courant, Anne, et demandez à Lanthier de me préparer un télégramme pour la Reine Victoria II. Je reverrai moi-même le texte. »

***

L'accident de Durham a rempli les médias pendant toute la journée. Je n'ai pas pu joindre Patricia. J'ai mal dormi à l'Élysée, dans mon lit à courtepointe bleue. Pour attendre le sommeil, j'ai tenté de lire *La Dame de Monsoreau*. Mais j'avais beau rapprocher la lampe de chevet en cuivre jaune, mes yeux ne réussissaient pas à s'accrocher aux caractères trop fins de l'impression.

Je me suis réveillé la tête lourde. Après avoir pris mon

petit déjeuner, en feuilletant les journaux qui publiaient les photos de la chapelle ardente de la cathédrale de Durham, j'ai gagné mon bureau avec l'envie de ne rien entendre et de laisser défiler, sans m'y impliquer, les rendez-vous dont on avait encombré ma matinée.

⁂

C'est dans la rue que j'ai appris la nouvelle, ou plutôt dans une avenue, l'avenue du Président-Wilson. J'étais assise dans la voiture de service qui me conduisait à mon bureau, à l'Élysée, où je devais arriver pour un rendez-vous à neuf heures. Nous nous sommes arrêtés au feu rouge de la place d'Iéna. À côté de l'abri d'autobus, contre lequel il venait d'appuyer son vélo, un homme m'adressait de grands gestes. Il semblait hagard, les cheveux en désordre. Je n'entendais pas ce qu'il voulait me dire. J'ai baissé la vitre et j'ai vu qu'il portait à l'oreille le fil noir d'une oreillette.

« Vous n'avez pas entendu la nouvelle ? m'a-t-il crié d'une voix haletante. Vous n'avez pas entendu la nouvelle ? La radio vient d'annoncer que la Reine Victoria est morte. Ah ! Les salauds ! »

J'ai pensé d'abord qu'il avait l'esprit dérangé, puis j'ai observé qu'il était secoué par une émotion incontrôlable. Il continuait d'écouter la radio.

« Ils viennent de le répéter : elle est morte ! Elle était en train de regagner l'Angleterre. C'est sûrement un

attentat, mais ils n'en disent rien. Dès que j'ai entendu l'annonce, je suis descendu de vélo. J'avais besoin de le dire à quelqu'un. Excusez-moi, Madame. »

Il se retourne. Je vois qu'il a mis des pinces à son pantalon froissé, puis il enfourche sa machine.

La Reine Victoria morte ? Quelle histoire ! Mon interlocuteur a dû mal entendre et confondre les noms. Il semblait aussi bouleversé que s'il s'agissait d'un membre de sa famille. Même sans y croire, ma gorge se noue. L'histoire est tellement remplie d'événements tragiques ! Il faut vérifier tout de suite ce qui a pu lui tourner la tête.

Le feu est passé au vert.

« Pouvez-vous accélérer, dis-je au chauffeur. J'ai besoin d'arriver très vite à l'Élysée. »

C'est un jour de marché. Nous roulons sur des feuilles écrasées, des salades ou des choux. On a déposé des cageots vides dans les caniveaux. Des femmes qui poussent des chariots attendent de traverser la chaussée. Il flotte dans l'air une odeur de halle, surprenante et qui paraît déplacée dans cette sage avenue. Personne ne semble se douter de rien.

Quand j'arrive à l'Élysée et que j'emprunte le couloir d'accès, j'entends de loin le téléphone sonner dans mon bureau, une sonnerie exigeante, insistante, sans interruption. J'ouvre la porte et je me précipite sur l'appareil. Il a dû se passer quelque chose.

*

Le Président m'a fait appeler par sa secrétaire. Il me demande de venir le voir dès que j'aurai pu rassembler suffisamment d'informations à propos de la mort de la Reine Victoria. Pour cela, je dois faire des recherches sur tous les médias, principalement britanniques, et sur Internet.

Il m'a fallu près d'une demi-heure pour regrouper et parfois recouper le flot de nouvelles qui submergeait les médias, dans une cacophonie étourdissante. Quand je me suis sentie suffisamment informée, je me suis rendue dans le bureau du Président. Il était très pâle et m'a invitée, par un geste de la main, à m'asseoir en face de lui.

« Qu'avez-vous appris de cette affreuse histoire ? m'interroge-t-il.

— L'avion de la Reine Victoria II et de son fils, le Prince de Galles, s'est écrasé dans le nord de l'Irak. Tous les deux sont morts et il n'y a pas de survivants.

— Je croyais qu'ils ne devaient jamais voyager ensemble ? » me demande le Président.

Au moment de lui répondre et pendant que je cherche mes mots, je suis submergée par l'émotion que j'avais contenue jusque-là et j'éclate en sanglots, sans pouvoir arrêter ce torrent de larmes qui coule de mes yeux. La suffocation m'empêche de parler. Je me sens ridicule de réagir ainsi à un événement qui ne me touche pas directement. Le regard du Président Lambertye est plein de bienveillance. À sa manière, il doit partager mon émotion, bien que ses yeux restent secs. Il attend que je puisse reprendre mon souffle et continuer.

« Sur l'accident lui-même, les nouvelles sont contra-

dictoires, lui dis-je enfin. La Reine a décidé de rentrer immédiatement en Angleterre pour venir assister aux obsèques des mineurs de Durham. Le Prince héritier souhaitait l'accompagner. Il n'y avait pas d'autre appareil préparé pour un vol direct, ce qui explique qu'ils se soient retrouvés dans le même avion. Ils ont décollé de New Delhi et il faisait un temps épouvantable sur tout le Moyen-Orient. Leur appareil s'est détourné vers le nord pour contourner la tempête. Il survolait la frontière de l'Irak lorsqu'il a été frappé par un missile. C'était un avion militaire de la Royal Air Force. Les émissions de radio étaient complètement brouillées par les orages. Il n'a pas dû entendre les avertissements du contrôle aérien et s'est écrasé au sol à l'est du Kurdistan. On ne sait pas qui a tiré et on pense qu'il n'y a aucun survivant. Des secours de l'armée américaine sont acheminés par hélicoptères. »

Mon débit est redevenu presque normal.

« En Grande-Bretagne, l'émotion est indescriptible. La vie s'est arrêtée et les médias ne cessent de déverser une masse d'informations et de commentaires. Le Premier ministre a annoncé qu'il allait se rendre sur place pour accompagner le retour des corps. On indique qu'il est déjà parti. »

À cette évocation des corps que j'imagine déchiquetés, disloqués, formant deux taches inertes sur la poussière beige de la montagne, mes larmes recommencent à couler. Impossible d'y mettre fin.

« Merci pour votre travail, Anne, me dit le Président.

Allez vous reposer dans votre bureau et revenez me voir quand vous aurez des nouvelles du retour du corps de la Reine Victoria et de son fils en Angleterre. »

Il fait effort, lui aussi, pour prononcer son nom.

⁂

J'hésite à appeler Patricia. Je voudrais lui dire que je pense à elle, mais elle doit être prise dans un tourbillon de déclarations et d'interrogations. Ses enfants, et surtout James, étaient déjà partis pour Londres car elle se proposait de les emmener à Durham. Elle doit maintenant les préparer à l'annonce de la mort de leur père. Il vaut mieux attendre que je puisse lui parler calmement.

C'est dans l'après-midi seulement que Patricia m'a appelé. Elle était au Palais de Buckingham, me dit-elle, là où je l'ai entrevue pour la première fois et où elle devait faire face à de multiples problèmes, car rien, évidemment, n'avait été prévu. Elle m'a fait part de son profond chagrin pour la Reine, et aussi pour le sort de son mari.

« C'est horrible ! me dit-elle. J'espère qu'ils n'ont pas trop souffert. On croit que l'avion a explosé en vol. Tu sais que j'aimais beaucoup la Reine. C'était la seule personne de la famille royale qui reconnaissait mon existence. Il faut que je te quitte maintenant car nous tenons une petite réunion pour savoir comment organiser son retour ici, au palais. »

***

Le peuple britannique a fait un accueil grandiose et silencieux à sa Souveraine défunte. La plupart des participants alignés sur le parcours étaient en larmes. La foule montrait une extraordinaire dignité, sans doute inconcevable ailleurs. Pas un cri, pas un geste, pas une prise de photo.

J'ai tenu le Président Lambertye au courant du déroulement des événements. Dès que je l'ai su par notre ambassadeur, je lui ai indiqué que les funérailles se dérouleraient dans trois jours, samedi, après que la population aura pu défiler devant le cercueil, au Palais de Buckingham. Je lui ai demandé s'il comptait s'y rendre.

« Non, Anne, je n'irai pas ! Ma présence serait un facteur de complication pour la famille, et surtout pour la Princesse Patricia. Elle est la mère de celui qui va succéder à la Reine Victoria. Quand et comment ? Ce n'est pas encore décidé, et dans l'intervalle Patricia, qui n'a pas divorcé, est une sorte de Régente de fait. Ce que je vais faire, c'est un aller et retour à Londres vendredi pour m'incliner devant la dépouille de la Reine. Vous pouvez l'annoncer. »

Il reprend son souffle et, en se souvenant sans doute de mes larmes, il ajoute :

« J'y mettrai beaucoup d'émotion. »

⁂

Le jour des funérailles, je suis resté dans mon appartement privé de l'Élysée. J'avais décidé de ne recevoir personne. J'ai allumé la télévision pour regarder la cérémonie, retransmise sur toutes les chaînes. Le cortège devait se rendre du Palais de Buckingham jusqu'à l'Abbaye de Westminster. Le ciel était gris uni, sans soleil. Une foule, impossible à dénombrer, remplissait tout l'espace du parcours et s'enfonçait dans les rues latérales. Londres n'avait rien connu de tel depuis les obsèques de Winston Churchill, il y a quarante ans.

La procession funèbre commence à franchir la grille de Buckingham. Les télévisions donnent des images, en zoom, des chevaux de la Garde qui ouvrent la marche. Le cortège se rapproche. Les perspectives sont maintenant prises de côté. Derrière la Garde marchent des personnages à pied, dans des costumes bariolés qui portent sans doute les emblèmes de la Couronne. Puis viennent deux longues plateformes tendues de drap noir, tirées chacune par huit chevaux pour marquer le privilège de la royauté, sur lesquelles reposent, recouverts du drapeau britannique, le cercueil de la Reine et celui du Prince de Galles. On a placé un bouquet de fleurs sur le cercueil de la Reine.

Juste derrière, je vois arriver Patricia, son fils et sa

fille, ainsi que le frère du Prince de Galles en uniforme. Patricia est portée par une jument blanche qu'elle monte en amazone, les deux jambes du même côté de la selle. Les gros plans montrent sa longue jupe qui descend jusqu'au bas de ses bottes. Selon l'usage, elle n'a fixé qu'un seul éperon sur sa botte gauche. Elle est vêtue d'une veste noire qui doit être une variante de l'uniforme de colonel de la Garde, avec des épaulettes à frange dorée et, sur la poitrine, des brandebourgs noirs. Sur ses cheveux blonds, qu'elle a tirés en arrière pour en faire un chignon, elle est coiffée d'un tricorne noir à bords relevés, à la manière française. Elle se tient très droite, sans raideur, et garde dans sa main les deux rênes de sa jument. Elle est décidément superbe ! Pendant que je l'observe, suivie par les caméras qui vont et viennent autour d'elle, elle ne réalise sûrement pas que je peux la voir. Son visage est calme et elle garde son regard fixé vers l'avant du cortège. Elle doit se sentir chez elle, liée à la foule qui l'entoure et qui réagit comme elle-même. Peut-être goûte-t-elle à cet instant le plaisir de mener sa jument ?

Derrière elle se découpent les profils frais de ses enfants, montés sur deux chevaux alezans identiques, deux visages qui portent la marque de la forte émotion que leur font ressentir à la fois le deuil de leur père et la présence de la foule attentive.

Je ne supporte plus ces images. Je suis étranger à tout cela. Patricia ne m'a pas appelé, comme elle pouvait le faire pendant qu'elle s'habillait. J'éteins brusquement la télévision et j'appelle mon secrétariat pour faire préparer ma voiture afin de me conduire à Rambouillet.

Nous empruntons l'itinéraire habituel. Les rues de Paris sont désertes, les gens doivent être restés chez eux pour suivre la cérémonie et j'aperçois, par les fenêtres, les pastilles lumineuses des écrans de télévision.

XVII

LA RÉGENCE

Le lendemain matin, alors que tous les journaux et toutes les radios bruissaient encore des échos de la cérémonie en épuisant le vocabulaire des synonymes de « grandeur », « dignité », « émotion » et que la photo de Patricia chevauchant sa jument blanche illuminait les couvertures des magazines consacrés à l'événement, celle-ci ne m'avait toujours pas appelé. J'ai attendu toute la journée, sans trop d'impatience, car je n'avais pas de peine à imaginer les contraintes et les corvées dont elle était accablée.

Après le dîner que j'ai pris dans mon appartement de l'Élysée, sans ouvrir la télévision, je me suis dit que c'était à moi de faire le premier geste. Je me suis assis dans un fauteuil devant la cheminée et j'ai composé le numéro du téléphone portable de Patricia. La sonnerie a retenti plusieurs fois avant que j'entende sa voix.

« Tu es gentil de m'appeler, m'a-t-elle dit d'un ton las. J'aurais dû le faire moi-même, mais tu n'imagines pas les difficultés que nous avons. Devant la soudaineté de l'événement, il fallait tout décider, et chacun cherchait à jouer un rôle. Le mari de la Reine est particulièrement insupportable. Il prétend que c'est à lui de tout régler mais il n'a aucun droit dynastique. De plus, il me déteste et me considère comme une intrigante. Le seul personnage légitime, c'est James, mais il est encore trop jeune et j'aimerais lui éviter une expérience difficile. »

Je la sens complètement absorbée par toutes les questions qu'elle se pose. Pas un mot à mon sujet, pas une préoccupation de ce que je peux ressentir.

« Où vous trouvez-vous pour le moment ? lui ai-je demandé.

— Chez moi, au Palais de Kensington. Je viens de rentrer, après avoir passé l'après-midi à Buckingham dans le bureau de la Reine, où j'ai aidé son secrétaire privé à ranger ses papiers. Il a trouvé une enveloppe contenant ses dernières volontés. Elle sera ouverte demain, en présence des autorités légales, mais cela m'étonnerait qu'elle nous apprenne grand-chose, car elle n'avait certainement pas prévu la mort simultanée du Prince héritier. »

Elle reprend son souffle. J'aimerais quand même la questionner sur ses projets personnels.

« Pensez-vous pouvoir revenir prochainement à Paris ? » lui ai-je demandé.

Silence. Patricia réfléchit. Manifestement elle n'y avait pas encore pensé. Poigny-la-Forêt ne lui occupe pas l'esprit.

« Oui, bien sûr, me répond-elle, mais je devrai attendre quelques jours. Il faut d'abord que la situation de James se précise et que je voie où il va s'installer. Ce ne sera pas le week-end prochain, mais peut-être le suivant. Dès que je le saurai, je t'appellerai. »

Elle est lasse, visiblement, et ses pensées sont ailleurs.

« Ne vous faites pas trop de soucis, lui dis-je, je suis sûr que vous réglerez tout cela très bien. Et je suis heureux que vous soyez dans votre maison, où vous êtes mieux protégée. » Je revois en mémoire l'escalier de marbre blanc qui monte à son salon. « Essayez de dormir. Je vous aime, Patricia.

— Oui, je vais aller au lit maintenant, me dit-elle, toujours en anglais. Je suis fatiguée et je vais prendre quelques pilules pour dormir. Bonne nuit, Henri, et rappelle-moi. »

Je raccroche. Elle est fatiguée, ce que je peux comprendre, mais d'elle, dans cette maison de Kensington où je suis allé la découvrir, aucun signe n'a jailli pour témoigner que, moi aussi, j'existais pour elle.

*

Anne me tient informé des débats juridiques en Grande-Bretagne, à propos desquels notre ambassadeur m'envoie des télégrammes savants et quelque peu pompeux, comme s'il jugeait flatteur de se trouver mêlé à ces complications monarchiques. Personne ne conteste que le prochain Roi doit être James, mais il lui faut attendre quelques mois avant d'atteindre sa majorité. Qui devra, dans l'intervalle, exercer la

Régence ? Le frère cadet du Prince de Galles revendique cette responsabilité. Sa maladresse et son inexpérience le disqualifient. La solution alternative serait la mère du futur Roi, la Princesse Patricia. Celle-ci est encore légalement l'épouse du Prince de Galles, même si la procédure de divorce est engagée. De plus, elle dispose du soutien passionné de l'opinion publique. Des camps ou des clans s'affrontent çà et là, surtout à la Chambre des Lords.

Je demande à Anne si les liens de Patricia avec la France, ou plus précisément avec moi, sont pris en compte dans le débat.

« Oui, me répond-elle, mais seulement à demi-mot. On sent que ce sujet embarrasse la presse, même si on voit surgir par endroits des réminiscences historiques. " C'est une situation qui s'est déjà produite ", a écrit le *Daily Telegraph*.

— Il y a quelque temps déjà, huit siècles environ, ai-je remarqué. Pense-t-on que la Princesse va pouvoir revenir en France avec ses enfants ?

— Je n'ai vu aucune information à ce sujet dans les journaux, me répond Anne, mais la tonalité du débat sur la Régence rend cette éventualité peu probable. »

*

Il s'est passé cinq jours – car je comptais les jours – avant que Patricia me rappelle. De mon côté, je suis resté silencieux, car je ne voulais pas jouer le rôle haïssable du soupirant délaissé qui cherche à imposer sa présence à un partenaire absorbé par d'autres tâches.

Lorsqu'elle m'a téléphoné, je ne l'ai pas eue directement à l'appareil, mais une secrétaire qui m'a demandé dans un français qui avait du mal à jaillir de sa gorge de bien vouloir attendre un instant, car Son Altesse la Princesse de Cardiff souhaitait me parler. Le cliquetis d'un commutateur et je retrouve la voix de Patricia.

« Comment vas-tu, Henri ? m'interroge-t-elle. J'étais impatiente d'avoir de tes nouvelles, mais j'ai été terriblement occupée. Tu as dû suivre le débat à propos de la Régence, qui a exigé de moi une multitude d'interventions et de démarches.

— Vous auriez pu me consulter, lui dis-je.

— Mais tu n'es pas un Lord britannique ! »

Non, pensai-je, mais je suis, ou j'ai été, votre amant ! Et je laisse son observation sans réponse.

« Je ne t'ai pas appelé pour te parler de nos difficultés politiques, reprend Patricia, mais pour te dire que, contrairement à mon souhait, je ne pourrai pas venir en France le week-end prochain. Je suis pratiquement ficelée à Londres, par toutes sortes de réunions dont je ne choisis pas l'horaire. Où seras-tu toi-même ? Peut-être à Rambouillet ? J'essaierai de t'y appeler.

— Peut-être à Rambouillet, en effet, lui dis-je, pendant que mon cœur s'enfonçait dans ma gorge, mais je ne sais pas encore. J'attendais de connaître vos projets. »

Et soudain, comme si quelque chose avait basculé, le

monde se renverse. Une infinie distance nous sépare. Nous parlons deux langues différentes. L'agitation du milieu politique londonien paraît se dérouler sur une autre planète. Et Patricia mentionnait Rambouillet, comme un point sur une carte où elle ne serait jamais venue.

« Le plus simple, ai-je ajouté, serait que vous m'appeliez sur mon téléphone portable. Je le laisserai ouvert.

— Oui, j'essaierai, me dit-elle. Au revoir, Henri.

— Au revoir, Patricia, et bonne chance pour tout. »

Lorsque Patricia raccroche, ce n'est pas sa voix qui s'interrompt, mais un déclic qui me renvoie à son secrétariat.

Je raccroche à mon tour, moi-même, et je reste perplexe.

Perplexe devant l'étrangeté des sentiments humains : c'est bien moi qui ai tenu Patricia ardemment serrée dans mes bras, c'est bien elle qui a déposé des mots tendres dans mon cou, et voici qu'à cause d'un accident horrible, mais qui reste malgré tout extérieur, nous échangeons des propos d'une banalité forcée, à faire pâlir un homme de loi.

Je brûle d'envie de rappeler Patricia. Mais j'hésite. Une nouvelle déception serait pire. Je préfère renoncer.

*

Pour occuper cette fin de semaine, j'ai eu l'idée de retourner à Saumur, où j'étais invité à la présentation de rentrée du Cadre Noir, et de là je comptais me rendre à Fontevrault. J'avais demandé au protocole de veiller à ce que ma visite à l'Abbaye de Fontevrault garde un caractère strictement privé. Mon souhait a été partiellement exaucé lorsque j'ai vu, en arrivant en voiture devant la porte du monastère, que j'y étais attendu par le préfet du Maine-et-Loire, certes sans son uniforme, et par le conservateur du monument. Je les ai remerciés de leur présence, tout en leur disant que je préférais visiter le site seul, au milieu des touristes. Ils m'ont marqué leur accord par un mouvement de la tête, mais j'ai bien senti leur présence, accompagnés de mon officier de police, à quelques dizaines de mètres derrière moi, pendant que j'entreprenais mon périple. Grâce à l'excellent fléchage, j'ai pu retrouver la salle gothique qui abrite le gisant d'Aliénor d'Aquitaine. Les visiteurs étaient peu nombreux, quelques Britanniques dont j'avais remarqué les autocars hauts sur roues, près de l'entrée. Des Français aussi, en couple ou par petits groupes : des touristes culturels, tenant leur guide ouvert dans leurs mains ou coiffés d'écouteurs pour suivre les indications données aux visiteurs. Aucun d'eux ne paraissait me remarquer. Je m'assieds sur une sorte de rebord de pierre en attendant qu'ils s'éloignent. C'est le moment où, par une coïncidence extraordinaire telle qu'il s'en produit parfois, mon téléphone portable s'est mis à vibrer dans ma poche. Ce ne pouvait être que mon secrétariat de l'Élysée ou Patricia, qui m'appelait.

J'ai reconnu la voix de l'assistante de Patricia, puis la sienne. La communication n'est pas bonne ; elle est peuplée de grésillements. J'essaie de me déplacer pour l'améliorer.

« Henri (avec un *h* aspiré), c'est Patricia. Je t'appelle comme convenu. Tu es à Rambouillet ?

— Non, pas exactement, je suis en visite à Fontevrault.

— Fontevrault, qu'est-ce que c'est ? m'interroge-t-elle.

— C'est une abbaye, une abbaye royale.

— Qu'est-ce que tu fais dans une abbaye ? Tu veux te faire moine ?

— Je n'ai pas encore pris ma décision. Ce serait difficile, parce que c'est une abbaye dirigée par des femmes. Et je ne suis pas sûr de respecter tous les vœux.

— Tu peux prononcer les vœux, me répond Patricia, mais je ne pense pas que tu les respecteras ! À propos, as-tu revu ta belle infirmière ? »

J'entends une sorte d'irritation amusée dans sa voix.

« Je la vois lorsque je me rends aux séances de contrôle au Val-de-Grâce. La dernière fois, c'était il y a trois semaines.

— Trois semaines, ce n'est pas beaucoup, même pour un moine ! » s'exclame-t-elle, puis elle change brusquement de ton.

« Je ne t'appelle pas pour dire des bêtises, reprend-elle, mais pour te parler de mes projets. » Elle prononce « mes » et pas « nos », et je ressens la différence. « Tu as vu les décisions qui ont été prises. James ne pourra pas être couronné avant plusieurs mois et, pendant cet intervalle, il est prévu que j'exerce la Régence, ou plus exactement que je préside le Conseil de Régence, ce qui revient au même ! Cela signifie que je ne pourrai pas me déplacer ou, à la limite si je venais à Paris, ce serait avec une suite assez nombreuse et je devrais résider à l'ambassade de Grande-Bretagne. »

Les touristes se sont éloignés. Aliénor gît paisiblement sur son tombeau, mais un nouveau groupe s'annonce dans la salle voisine. Je me tourne vers le mur de tuffeau blanc, pour ne pas risquer d'être entendu.

« Cela veut-il dire, Patricia, que vous ne reviendrez pas à Paris ?

— Ne dramatisez pas. Cela veut simplement dire que, pour le moment, il m'est impossible de venir en France. »

Je sens monter une poussée de fureur, en me souvenant de la désinvolture avec laquelle Patricia traitait mes responsabilités de Président.

« On dirait qu'il est plus absorbant d'exercer la fonction de Régente en Grande-Bretagne que celle de Président en France ! » lui ai-je répliqué méchamment.

Elle réfléchit avant de me répondre calmement :

« Peut-être. »

Il y a dans ce « peut-être » toute la condescendance britannique vis-à-vis de la France, le sentiment de supériorité qu'éprouve une société hautement civilisée vis-à-vis d'un pays méridional, souvent agité, et d'une vulgarité quelque peu ridicule.

Patricia poursuit :

« Tu ne m'as pas dit ce que tu étais venu voir à ce Fontevrault.

— La tombe d'Aliénor d'Aquitaine.

— Je me souviens vaguement de son nom. Mais qui est-ce ? »

Je regarde le profil de pierre d'Aliénor avant de lui répondre, son nez fin, ses lèvres serrées, ses lourdes paupières.

« C'est une femme qui a été successivement Reine de France, puis Reine d'Angleterre.

— Cela me revient maintenant : c'est la mère de Richard Cœur de Lion.

— Et aussi de Jean Sans Terre.

— Quelle érudition ! Tu m'éblouis. Mais qu'avais-tu à apprendre d'elle ? J'ai fait la même chose qu'elle, mais de manière un peu plus vague et dans l'autre sens !

— C'est le changement d'époque ! ai-je remarqué. Je voulais lui demander pourquoi vous ne reveniez pas en France, alors qu'elle l'a fait elle-même.

— Qu'a-t-elle répondu ? »

Des touristes m'ont reconnu et commentent ma présence à mi-voix. Le préfet et le conservateur échangent leurs réflexions sur le seuil de la salle. Ces conversations produisent un bruissement minuscule, que la voûte me renvoie.

« C'était une autre manière de vivre, dis-je encore.

— Peut-être était-elle meilleure que la nôtre ? réplique Patricia. Il y avait moins de complications pour vous paralyser et moins d'explications à donner !

J'ai du mal à comprendre ce que tu dis, à cause du bruit. Il faut que je te quitte. Au revoir, Henri. » Puis après une minute sa voix revient, comme si elle avait oublié de me dire quelque chose, ou plutôt, d'après le changement de ton, comme si elle avait hésité avant de me parler, à la manière dont on agit lorsqu'on se demande s'il ne serait pas préférable d'éviter d'aborder le sujet : « Tu m'as l'air complètement rétabli. Tu n'as plus besoin de retourner au Val-de-Grâce. »

Je préfère ne pas répondre.

« Merci de m'avoir appelé, Patricia, lui dis-je. Je suis triste de ne pas vous revoir. J'espérais vous retrouver bientôt. J'ai connu, moi aussi, les mêmes obstacles, aussi je comprends à moitié vos raisons. »

À moitié, c'est trop dire !

Je rejoins le préfet et le conservateur pour poursuivre la visite, en touriste consciencieux. Je me hasarde à leur poser quelques questions. Mes interlocuteurs, comme c'est souvent le cas, paraissent s'intéresser davantage à l'échéancier et au financement du chantier de restauration, qu'à l'histoire des habitants des lieux. Aliénor est bien seule… Je les écoute d'une oreille très distraite : mon esprit est ailleurs.

XVIII

L'INTÉRIM

Dans les comptes rendus de presse que je présente au Président, je fais toujours une place aux événements de Grande-Bretagne. Je lui indique pourquoi, en raison du deuil qui accable le pays, il a été décidé que l'installation du Prince héritier et du Conseil de Régence ne donnerait lieu à aucune festivité particulière. Lorsque j'évoque le fait que les Postes britanniques ont choisi de conserver sur leurs timbres le profil de Victoria II, en l'encadrant d'un mince filet noir, il se contente de remarquer :

« C'est une jolie idée. »

Il me semble prêter moins d'attention à la Régente. Quand je mentionne ses activités, il évite de me regarder et conserve un visage immobile et absent. Il ne me pose aucune question sur elle. La situation semble assez délicate pour la Princesse, car les hommes de la famille royale se résignent difficilement à reconnaître son autorité. Elle n'envisage pas, semble-t-il, de venir sur le continent, et elle a quitté sa résidence de Kensington pour s'installer avec ses deux enfants au

Palais de Buckingham, que l'époux de Victoria II refusait jusqu'ici d'abandonner.

« Je vous remercie, Anne », me dit le Président, la tête penchée dans un dossier.

J'aimerais lui parler, l'aider.

Il a visiblement envie de se retrouver seul.

***

Le prochain examen de contrôle au Val-de-Grâce doit avoir lieu jeudi prochain, 15 octobre. Pendant que je parcours l'allée de Moquesouris, dans le parc de Rambouillet, alors que la chasse n'est pas encore ouverte, je réalise que j'attends l'arrivée de cet examen avec une certaine impatience. Il se déroule à la manière d'un rite. Je dois me déshabiller à moitié pour faciliter la prise d'images, et je regarde sur mon flanc gauche la lèvre rose que forme encore la cicatrice de la balle. Elle est maintenant complètement refermée. Puis Dominique Piétrini entre pour la séance de radiographie. Mon impatience ne s'attache pas à cet examen, mais à l'arrivée de Dominique.

Le jour baisse. Pas un souffle de vent. Les feuilles des chênes commencent à se décorer de dorures. J'entends le caquètement et le battement des ailes des faisans, qui se perchent en haut des branches.

Je retourne au château.

*

Je suis arrivé à l'heure au Val-de-Grâce. L'aide infirmière de Dominique Piétrini m'attendait dans l'antichambre et m'a fait prendre l'ascenseur pour gagner le premier étage. J'avais souhaité en effet éviter le protocole, et que tout se déroule dans la simplicité. Elle me pilote maintenant le long d'un corridor. À droite, une porte donne sur l'antichambre où je dois me préparer pour la radio. L'infirmière ouvre la porte, puis s'efface.

À ma surprise, Dominique Piétrini est déjà là.

« Je vous attendais », me dit-elle en souriant.

En entrant j'avais aperçu une serrure sur le vantail de la porte et, surprise divine, une clé dans cette serrure. Je reviens vers la porte, et je tourne la clé.

« Qu'est-ce que vous faites ? » m'interroge Dominique.

Je m'approche d'elle, les yeux dans les yeux, et je passe mes deux bras autour de ses épaules. Elle est vêtue d'une blouse d'infirmière, fermée par des boutons, avec une échancrure au cou. Je cherche sa bouche et j'appuie mes lèvres sur les siennes. Elle n'essaie pas de se défendre. Sa bouche est encore fermée, mais je sens ses lèvres s'écarter peu à peu. Je la tiens serrée, sa poitrine écrasée contre moi, et son corps s'assouplit, par une sorte de déhanchement, pour venir s'incruster dans le mien.

« Vous n'êtes pas trop étonnée ? lui ai-je demandé, avec ce qui me restait de souffle.

— Quand vous êtes entré, je vous ai dit que je vous attendais ! »

Elle se dégage et s'éloigne de moi, d'une manière si

naturelle qu'aucune distance ne paraît se creuser entre nous.

« Excusez-moi, me dit-elle, il faut que je fasse mon travail. Je dois m'occuper de vous. Pouvez-vous enlever votre cravate et votre chemise ? »

Pendant que je défais le nœud de ma cravate et déboutonne les poignets de ma chemise, je lui présente ma demande, totalement impulsive et improvisée :

« Tout ceci est beaucoup trop rapide. J'aimerais vous voir tranquillement. Est-ce que je peux venir un soir dîner chez vous ?

— Je serai heureuse de vous recevoir, me répond-elle, sans un mouvement de surprise. Ce ne pourra pas être cette semaine, car je suis de permanence. Mais, si vous le voulez, lundi prochain !

— J'en serai ravi, mais je ne connais pas votre adresse. Pouvez-vous me l'écrire sur un bout de papier pendant la radioscopie et ajouter, si j'en ai besoin, le numéro du code d'entrée ? »

Dominique me répond par un signe de tête. Elle est déjà absorbée par ses préparatifs et s'éloigne pour mettre en mouvement, dans la pièce à côté, l'appareil de radiographie. Elle me fait asseoir sur un tabouret qu'elle a réglé à ma hauteur et me demande d'appuyer mon menton sur le rebord de l'appareil. Pendant qu'elle s'affaire ainsi, j'observe au-dessus de l'écran ses yeux noirs, intenses et attentifs, ainsi que le casque de ses cheveux qu'elle écarte de la main. Elle y a placé un ruban de velours noir qui ordonne les vagues serrées et ondulées de ses mèches.

Elle retient un moment son souffle pendant qu'elle observe dans l'appareil d'optique.

« Il me semble que tout va bien, me dit-elle. Je vais vous montrer la photo. »

*

Dominique Piétrini habite un immeuble construit dans les années 1950, sur le côté ouest de l'esplanade des Invalides. J'ai demandé à mon chauffeur de s'arrêter et de m'attendre quelques maisons plus loin. J'étais un peu nerveux et j'ai dû m'y reprendre à deux fois pour taper le code. La porte s'est ouverte sur un hall de marbre beige. Je me suis dirigé vers l'ascenseur pour monter au septième étage, comme elle l'avait noté sur la feuille de papier qu'elle m'avait donnée à mon départ du Val-de-Grâce. Sur le palier, une seule porte. J'ai sonné.

Dominique m'a ouvert. Elle portait un chemisier de soie blanche, une jupe de laine vert foncé s'arrêtant au-dessous du genou, une large ceinture et des souliers en cuir marron, à hauts talons.

« Entrez ! me dit-elle. Vous n'avez rencontré personne devant l'immeuble ?

— Non, personne ! Mais en cette saison, la nuit tombe tôt. »

Je l'ai embrassée en effleurant ses lèvres et elle a pris ma main pour me conduire dans la salle de séjour. À travers une baie ouverte devant nous, j'ai pu entrevoir une terrasse, bordée par un balcon de pierre sur lequel jouaient les reflets de l'éclairage du dôme des Invalides.

« Que voulez-vous boire ? » m'a demandé Dominique. Elle s'est assise dans un canapé faisant un angle droit avec celui dans lequel je m'étais installé. Son chemisier dessinait la pointe de ses seins et ses genoux étaient serrés, à la lisière de la laine verte.

Puis nous avons dîné.

Pendant tout ce temps, j'étais obsédé par le rappel de la Vénus de Milo dont je cherchais à retrouver l'image exacte. Comme lycéen, je m'étais passionné pour la sculpture grecque classique et je m'étais familiarisé avec la grandeur de Phidias, puis avec la douceur humanisée de Praxitèle. Je savais qu'on n'avait pas retrouvé, malgré de minutieuses recherches, les bras de la statue de Milo. Dominique était une œuvre tardive de Praxitèle. Elle combinait la force des attaches, en particulier des épaules, et la souplesse longiligne des membres. Elle esquissait un double mouvement, qui rendait palpable l'aisance vivante de son corps : vers le haut, l'inclinaison de ses épaules, et au milieu, en sens contraire, la flexion de sa taille.

Dominique m'a arraché à mes investigations sculpturales.

« Vous devriez venir voir le dôme des Invalides », m'a-t-elle proposé.

Nous nous sommes avancés sur la terrasse, puis nous nous sommes appuyés contre la balustrade de pierre. Celle-ci est haute, assez large pour nous permettre de nous incliner et de prendre appui sur nos avant-bras. Je sentais le corps de Dominique contre le mien, séparé par un écran d'étoffe.

Le dôme étincelait dans la nuit, telle une gigantesque pièce d'orfèvrerie. Tous ses reliefs étaient accentués par la luminosité des feuillures. L'équilibre du dôme et de la longue façade de l'Hôtel des Invalides faisait ressortir le prodige d'une architecture tirée vers le ciel et stabilisée par son ancrage dans le sol. Nous étions muets de plaisir.

J'ai passé mon bras gauche autour de la taille de Dominique et ma main a découvert un intervalle entre son chemisier et sa jupe. Je lui ai caressé le dos en butant sur le relief des omoplates. Dominique continuait à contempler la vue, appuyée maintenant sur ses deux coudes. Ma main a gagné le haut de ses épaules.

En tournant la tête vers la gauche, j'ai ressenti une impression bizarre, légère comme un vertige. Loin devant moi, au-delà de la Seine, je pouvais voir les hautes toitures du Louvre, dont les verrières étaient éclairées, sans doute pour des travaux d'entretien. Sous l'une d'elles, à demi dans l'ombre, devait se dresser le marbre de la Vénus de Milo. Je ne pouvais pas l'apercevoir, mais c'était elle dont je sentais contre moi la présence vivante et chaude.

Je me suis souvenu d'avoir été émerveillé un soir, au Louvre, où cette statue faisait l'objet d'un éclairage intense, de découvrir que le sculpteur avait modelé, sous la peau du marbre, le relief de chacun de ses muscles, alors que j'avais pensé jusque-là, sans trop y réfléchir, que la statue était lisse.

J'ai promené lentement mes mains sur le marbre chaud du dos de Dominique, à la recherche des fibres de ses muscles. Je n'avais plus conscience du temps. Soudain la voix de Dominique m'a réveillé :

« Il commence à faire froid, m'a-t-elle dit. Nous devrions rentrer. »

Elle a pris la main que j'avais posée sur son dos et m'a guidé vers le salon. Il y avait plusieurs portes. Je ne savais pas laquelle prendre.

« Nous allons rester ici, me dit-elle, comme si elle lisait en moi. Venez vous asseoir à côté de moi. »

Et elle s'est installée sur le plus large des canapés. Visiblement, elle ne souhaitait pas que je pénètre dans l'intimité de son appartement.

Je l'ai prise à nouveau par la taille, cette fois pour la rapprocher de moi. Elle m'a laissé agir. J'ai appuyé sa tête contre le dossier et j'ai commencé à l'embrasser passionnément. Ses lèvres étaient ouvertes et je sentais, dans sa salive et dans la mienne, le filet acide du désir. Dominique ne se protégeait pas, mais elle ne marquait aucune initiative.

Soudain, elle a passé soigneusement son bras derrière mon cou et a penché sa tête en arrière, faisant jaillir sa poitrine juste devant mes yeux. J'ai commencé à ouvrir son chemisier blanc, mais mes doigts étaient maladroits autour de la boutonnière. J'ai réussi à découvrir son sein gauche, pointu et frais comme celui de la statue. Quand je l'ai embrassé, il avait la douceur d'une peau de fruit.

J'ai continué à la dévêtir, sans hâte et sans résistance.

Quand je rencontrais un obstacle, elle esquissait un mouvement pour faciliter mon geste. J'ai enlevé ses chaussures, et je l'ai étendue sur le canapé, la tête sur l'accoudoir.

C'est ce soir-là que j'ai connu l'amour avec la Vénus de Milo, ses fortes épaules et ses jambes somptueuses.

*

Dominique m'a reconduit sur le palier.

« Je ne peux pas vous accompagner jusqu'en bas. Nous risquerions de tomber sur quelqu'un devant l'ascenseur, me dit-elle.

— Je le comprends parfaitement », lui ai-je répondu. En la regardant sous l'ampoule du plafonnier, je vois que des larmes coulent sur ses joues, des larmes qui ne provoquent aucune crispation, qui n'étirent aucun trait, des larmes douces et continues.

J'hésite à l'interroger, mais je préfère me taire.

« Je ne pense pas pouvoir vous revoir, me dit Dominique. J'aurais dû vous le dire plus tôt, mais j'ai manqué de volonté. J'avais peur de gâcher cette soirée, que j'espérais passionnément ! »

C'est la seule fois où j'ai entendu Dominique prononcer le mot « amour » ou « passion ». Ses larmes coulent toujours, détachées les unes des autres comme des grains de cristal. Son regard est calme, à peine embrumé.

« Je suis mariée, me dit-elle, à un colonel d'infanterie de marine. Nous n'avons pas d'enfants, car je n'ai pas souhaité en avoir à cause de ma carrière. Mon mari vient d'être affecté à un poste au Congo. Il me demande de le rejoindre à Brazzaville. Je pourrai exercer mon activité là-bas comme coopérante à l'hôpital. Je vais partir dans le mois qui vient. »

Son débit est saccadé. Elle ne peut retenir ses larmes qui forment deux sillons continus sur ses joues.

« J'ai une demande à vous faire. J'aimerais que vous veniez pour une dernière visite au Val-de-Grâce. »

Son émotion m'a gagné. Je ne suis plus sûr de pouvoir parler.

« Oui, bien sûr, je viendrai. »

Et j'embrasse longuement, tendrement, amoureusement ses lèvres mouillées.

*

Lorsque je suis sorti dans la rue, je me suis approché de ma voiture et j'ai expliqué au chauffeur, ainsi qu'à l'inspecteur de police, que je préférais faire une partie du trajet de retour à pied. Ils n'avaient qu'à me suivre le long du trottoir.

Je me suis arrêté à l'angle de la rue Saint-Dominique, puis je me suis retourné, pour contempler le dôme des Invalides encore éclairé, et couronné de son clocheton baroque.

L'esplanade était vide, et mon bras a esquissé un geste en cherchant à enserrer la taille de Dominique.

XIX

LES DEUX ROYAUMES

Le rythme de vie à l'Élysée est ralenti, car le Président Lambertye est parti pour un long périple, près de trois semaines, dans le Sud-Est asiatique. Je continue de préparer mes revues de presse que personne ne lit, mais que le Président parcourra, je l'espère, à son retour. Je m'efforce de rester neutre sur le sujet de la Grande-Bretagne. Le couronnement du jeune Roi est définitivement fixé au 15 juin prochain. D'ici là, le Conseil de Régence continuera d'exercer la fonction monarchique. De l'avis unanime, la Princesse Patricia s'en tire à son avantage. On se félicite de son élégance et aussi de son intelligence. Elle sait avoir des gestes chaleureux et naturels vis-à-vis des petites gens qu'elle rencontre. Elle paraît détendue. Seule critique : elle laisse percer son ennui devant la longueur des cérémonies et des discours. Les caméras de télévision réussissent à capter ses bâillements…

Une ombre à ce tableau : la question de ses relations exactes avec le Président Lambertye remonte à la surface. Quelle était la portée exacte de la cérémonie de

Poigny-la-Forêt ? Que s'est-il passé pendant son séjour boulevard de Courcelles ? Certains commentateurs font courir la rumeur d'un prochain mariage. D'autres sous-entendent, plus discrètement, que la Princesse aurait trouvé de nouveaux intérêts dans son entourage londonien.

Les journalistes britanniques discutent de ces sujets entre eux, et nous sommes tenus à l'écart du débat. Aucune question ne m'est posée, sauf une fois par une journaliste de la presse « people » : « Pensez-vous vous-même que le Président Lambertye va épouser la Régente d'Angleterre ? » Je m'en suis tirée par un « No comment », noyé dans un pitoyable bafouillement.

Avant son départ, le Président s'est rendu au Val-de-Grâce pour un examen médical approfondi. À la suite de cette visite, un communiqué a été lu à la télévision par une jeune femme médecin militaire, au beau visage régulier : « Les examens et les contrôles de toutes natures auxquels le Président Lambertye a été soumis ont fait apparaître qu'il était complètement rétabli de la blessure qu'il a subie. Il peut désormais assumer sans problème toutes les charges de sa fonction. »

J'ai néanmoins remarqué sa pâleur et ses traits tirés lorsqu'il a regagné l'Élysée, au retour du Val-de-Grâce.

*

Le lendemain du jour où le Président est rentré d'Asie, il m'a convoquée dans son bureau.

« Quelles sont les nouvelles ou les nouveautés de la

presse ? m'a-t-il demandé. Pouvez-vous m'en faire une brève analyse ? »

Je m'étais préparée à répondre à cette question.

« Votre voyage a été bien couvert, répondis-je. Les journalistes ont présenté des comptes rendus factuels de vos entretiens. Ils ont donné l'impression, pour beaucoup d'entre eux, de découvrir l'importance de certains des États que vous avez traversés. Ce sont, évidemment, les étapes de Shanghai et de Pékin, qu'ils ont mises en relief. Ils ont souligné la très grande cordialité, visible selon eux, de vos relations avec les hauts dirigeants chinois.

— Et l'Europe ? a-t-il poursuivi.

— La réunion du Conseil n'a pas beaucoup intéressé la presse. Elle s'interroge surtout sur la désignation du prochain président de la Commission car le président Ceccoli a déclaré qu'il ne souhaitait pas faire un second mandat, ce qu'on ne lui aurait d'ailleurs pas proposé.

— Sans doute, observe le Président. Et que se passe-t-il en Grande-Bretagne ? »

Il me scrute avec curiosité, peut-être pour voir comment je vais réussir à me tirer de ce moment difficile.

« La situation est maintenant stabilisée, même si le traumatisme créé par la disparition de la Reine et de son fils reste profond dans l'opinion publique. Le consensus de la presse s'est formé autour de l'accession au trône du Prince James. On exprime ici et là des regrets discrets sur le fait que sa formation n'est pas

encore achevée, en particulier sur le plan militaire. Dans l'attente de son couronnement, tous les journaux ont approuvé la mise en place d'un Conseil de Régence et se félicitent de la manière dont la Princesse Patricia en exerce la présidence. Vous savez, Monsieur le Président, qu'une importante réunion des Premiers ministres du Commonwealth se tient actuellement à Londres. La Princesse-Régente… »

Le Président m'interrompt :

« Pourquoi dites-vous la Princesse-Régente ?

— C'est ainsi qu'on la désigne désormais. Elle a prononcé un discours d'ouverture qui a été unanimement jugé remarquable. Elle a parlé sans notes, soit qu'elle ait improvisé, soit plutôt qu'elle ait appris par cœur son texte. »

Le Président Lambertye examine les ongles de ses mains posées sur ses genoux. Je sens qu'il hésite à me poser la question.

« Parle-t-on aussi de moi ? finit-il par me demander.

— Oui, mais plutôt sur un mode interrogatif. Les journaux analysent la portée de la " bénédiction " de Poigny-la-Forêt. Ils cherchent à savoir s'il s'agit des prémisses d'un prochain mariage et ils se demandent » – et alors je me lance dans ce gouffre béant que je souhaitais éviter –, « ils se demandent quelles en seraient les conséquences sur les relations franco-britanniques. Votre déplacement à Fontevrault a été très commenté !

— Je vois mal ce que les journalistes ont pu y trouver, soupire le Président. Je ne suis pas Louis VII et je ne rentre pas de croisade ! Quant à la Princesse-

Régente, comme vous dites, elle n'a guère de traits communs avec Aliénor d'Aquitaine ! Enfin, peut-être quelques-uns... »

Son regard s'est détaché de ses ongles pour scruter maintenant le plafond, la tête renversée en arrière.

« Tout ceci est si étrange, Anne, murmure-t-il d'une voix étouffée. Continuez de lire la presse et revenez me voir si vous apprenez quelque chose. »

⁂

Mon déplacement avait constitué une coupure dans le temps. Je n'avais échangé aucune communication avec Patricia, sans intention particulière de ma part. Une conversation eût été trop difficile et risquait d'envenimer les choses. Mais maintenant que je suis rentré et que je suis guéri, je dois faire le premier geste.

Patricia a dû pressentir mon intention, car le lendemain son secrétariat m'a appelé, pendant le Conseil des ministres, pour savoir à quel moment la Régente – il n'y avait plus de Princesse ! – pourrait communiquer avec moi.

À l'heure dite, dans l'après-midi, Patricia a appelé.

*

« Cela me fait plaisir de t'entendre, Henri, me dit-elle. Il y a longtemps que je n'ai pas eu de tes nouvelles. Pendant toutes ces semaines, tu m'as manqué. »

L'expression anglaise « I missed you » est plus forte que sa traduction française. Littéralement elle signifie : « J'ai manqué de toi. »

Le ton de Patricia me surprend. C'est une surprise agréable. J'avais conservé une posture intérieure contentieuse, vaguement rancunière, à la suite de nos derniers échanges et voici que la limpidité de sa voix efface tout cela.

« Notre ambassadeur à Paris m'a informée que tu étais complètement rétabli. Tu n'as plus besoin de soins au Val-de-Grâce ?

— Non. Pour le moment c'est fini, lui ai-je répondu, avec l'arrière-goût indigne de la trahison.

— J'aimerais te revoir, continue Patricia. Pour le moment, c'est difficile. J'en cherche le moyen et je commence à avoir une idée, comme tu en as eu une il y a six mois, quand tu m'as parlé de notre mariage.

— Cela n'a pas été une idée très productive, lui fais-je remarquer.

— On pourrait en discuter, me répond-elle, mais il s'est produit beaucoup d'événements contraires et je ne suis pas certaine que tu m'aies été fidèle... »

Pour éviter de me laisser entraîner sur ce terrain glissant, je reviens à sa proposition.

« Peux-tu me donner quelques indications sur ton idée ?

— Ce serait de venir en France en visite officielle. Cela permettrait de préciser les choses, si nous y parvenons. Mais je n'y vois pas encore clair. Il y aurait quelques avantages, mais beaucoup de risques. Si nous renonçons à ce projet, je n'aurai pas la possibilité de te retrouver. J'ai encore besoin d'y réfléchir. »

Je suis pris de court par cette étrange proposition, qui aurait besoin d'être soigneusement préparée et justifiée, si l'on veut que l'opinion publique l'approuve et n'y voie pas une mascarade.

« Il faudrait que cette visite soit utile, lui dis-je faute d'une meilleure réponse.

— Évidemment il vaudrait mieux qu'elle soit utile ! me reprend Patricia d'une voix précise. J'ai également une idée là-dessus. En tout cas, elle serait utile pour moi. Elle me permettrait de te revoir ! Je n'ai pas oublié le train de Normandie, ni l'appartement du boulevard de Courcelles. Je t'embrasse, Henri, et je te demande de réfléchir à mon idée. »

*

J'y ai tellement réfléchi que j'ai fini par la concrétiser. Les données n'étaient pas simples : il existait évidemment le précédent de l'Entente cordiale, qui a scellé l'alliance de nos deux pays pendant les guerres mondiales. Mais, d'un autre côté, nous participons activement à l'organisation de l'Europe. On ne pouvait pas souhaiter qu'un rapprochement avec la Grande-Bretagne nous éloigne de notre principal partenaire dans l'intégration européenne, qui reste évidemment l'Allemagne. Il faudra donc trouver une contrepartie par une initiative prise en direction de ce pays. J'ai tourné et retourné en tous sens cette idée dans ma tête, jusqu'à ce que j'entrevoie une issue possible.

***

Il n'est pas utile de décrire cette singulière démarche de la visite de la Régente à Paris ni de la signature du Pacte de Rambouillet, qui a conclu ce que la presse a appelé par une dérision bienveillante « l'ère des deux Royaumes ». Ces faits ont été abondamment relatés.

Le programme de la visite a été simplifié, en raison du deuil britannique. Le Président a accueilli la Régente à l'Élysée, où celle-ci a résidé. Deux dîners officiels ont été organisés : l'un à l'Élysée et l'autre à l'ambassade de Grande-Bretagne. Ils ont été coprésidés par la Régente et le Président, assis côte à côte dans les deux salles à manger.

La journée du lendemain a été consacrée à des visites protocolaires aux institutions de la République et le voyage s'est conclu par la signature, dans le salon François Ier du château de Rambouillet, du traité connu sous le nom de « Pacte de Rambouillet ».

J'ai eu la charge de le présenter à la presse, avec mon collègue britannique, dans la salle de la mairie de Rambouillet, bondée de journalistes, de caméras, de perches et de micros.

La déclaration que j'ai lue m'a tellement marquée que je puis encore la répéter par cœur :

« Le Pacte de Rambouillet conclu entre la Grande-

Bretagne et la France, ai-je dit, respecte intégralement les engagements européens des deux pays. Il porte exclusivement sur les droits des citoyens dans ce que nous appellerons désormais " l'Entente franco-britannique ". Je résume ces propositions :

« Tout citoyen d'un des deux pays pourra obtenir, sur simple demande, la citoyenneté de l'autre, sans renoncer à la sienne. Ce dispositif sera mis en œuvre selon les règles appliquées à la double nationalité.

« Tout citoyen d'un des deux pays résidant dans l'autre pays peut y exercer son droit de vote aux élections locales, européennes, mais aussi nationales.

« Concernant ses impôts sur le revenu et sur le patrimoine, tout citoyen peut demander à ce que lui soit appliquée la législation fiscale de l'un ou l'autre pays, à condition que cette demande porte sur l'ensemble de ses ressources. Les recettes fiscales correspondantes sont versées au pays de sa résidence. »

Je me souviendrai toujours de l'ovation qui a accueilli ces propositions. Elle a fait trembler les murs plâtrés de blanc de la petite salle. Les journalistes, peu enclins d'habitude à l'enthousiasme, échangeaient des exclamations et des salves d'applaudissements. Certains souhaitaient me poser des questions. Je ne m'étais pas équipée pour leur répondre et je me suis esquivée, les laissant à leur brouhaha.

*

Je suis rentrée à pied au château, en empruntant la rue qui longe le mur du domaine, et j'ai demandé à l'intendant Fleuret, que j'ai rencontré dans l'antichambre, s'il savait où se trouvait le Président.

« Dans le salon François Ier, m'a-t-il répondu. Je vais vous y conduire. »

Nous sommes arrivés à l'entrée de la grosse tour. L'intendant a frappé à la porte. Nous avons entendu la voix du Président Lambertye qui nous invitait à entrer.

Nous l'avons trouvé assis sur un long canapé, de style Art déco, dans le goût de la pièce aménagée par un de ses lointains prédécesseurs, à côté de la Princesse-Régente. Il avait passé son bras autour de son épaule et n'a pas modifié son attitude quand nous sommes entrés.

« Les choses se sont-elles bien passées, Anne ? m'a-t-il demandé en souriant.

— Oui, très bien, Monsieur le Président. Les journalistes ont fait un accueil triomphal au Pacte de Rambouillet. J'ai noté quelques réactions : "Enfin une initiative innovante, comme on n'en avait pas connu depuis longtemps !" ; "Winston Churchill doit se réjouir dans sa tombe !" ; "Un pas décisif vers la citoyenneté européenne !". »

La Princesse se tourne vers le Président, pour lui dire en anglais :

« Tu vois que le voyage a été utile ! »

Et le Président reprend :

« Personne ne vous a posé de questions à notre sujet ?

— Non, dis-je, mais je sentais les questions venir. J'ai préféré disparaître.

— Vous avez bien fait, Anne, car vous ne pouviez rien répondre. Mais nous allons faciliter votre tâche. La Princesse et moi avons rédigé une petite déclaration, que vous allez pouvoir remettre aux journaux. La meilleure solution serait peut-être de la faire paraître dans un grand journal britannique et un grand journal français.

— Oui, Monsieur le Président, mais il ne faut pas se faire d'illusions. Dans la minute suivante, votre déclaration flambera sur toutes les ondes et les écrans du monde ! »

Le Président se lève et avance en direction d'un bureau plat sur lequel est posée une feuille de papier. Il la prend et la rapporte à Patricia, qui relit avec attention le texte et me le tend. Je le lis à mon tour : « Nous considérons l'un et l'autre que les fiançailles bénies à Poigny-la-Forêt constituent une étape normale sur la voie du mariage. »

« Est-ce clair ? » me demande Patricia. Je reconnais son écriture qui a ajouté à l'encre bleue l'adjectif « normale » dans la déclaration.

« Oui, tout à fait clair, dis-je, mais je serai sûrement interrogée sur la date du mariage.

— Vous répondrez que vous n'en savez rien, me réplique Patricia qui a l'air de s'amuser. Il faut conserver un peu de mystère. »

J'ai quitté le salon, le document à la main, à la recherche du secrétariat où je trouverais une machine à copier pour le reproduire. Je garderai l'original pour moi.

⁂

Après qu'Anne fut partie pour retrouver les journalistes, j'ai interrogé la Princesse sur ses préférences concernant la date du mariage.

« J'y ai réfléchi, me dit-elle, en conservant son sourire. J'aimerais qu'il ait lieu pendant que je serai encore Régente et que tu seras encore Président. C'est ta visite à Fontevrault qui m'a donné cette idée. Ainsi, pendant une période, même si elle est courte, la France et la Grande-Bretagne auront les mêmes souverains !

— Je te rappelle que nous sommes une République, et que je ne suis pas un souverain !

— Ne fais pas trop de manières ! s'exclame Patricia qui est visiblement enchantée de jouer avec le sujet. Si le mot " souverains " te gêne, nous pouvons le remplacer par le terme de " dirigeants ", bien que, ajoute-t-elle pensive, je ne dirige pas grand-chose… »

C'est ainsi que nous avons projeté de réunir, pour un instant, la Grande-Bretagne et la France sous la même couronne et sous le même chapeau.

*

En raccompagnant Patricia dans sa chambre de la tour, après que nous eûmes dîné et mesuré à la télévision l'agitation des esprits qu'avait déclenchée notre déclaration, je m'interrogeais sur le jugement que pourraient un jour porter les historiens sur cette séquence d'événements : frivolité, inconscience, désir de faire parler de soi ou bien futurisme, adaptation aux temps nouveaux, ou encore le vécu d'une histoire d'amour ?

Pour me hausser au niveau des jugements historiques à venir, je me suis persuadé que je devrais quitter Patricia à la porte de sa chambre, l'embrasser et venir la rechercher le lendemain matin, pour la fin de sa visite en France.

Elle portait une robe rouge, avec de longues manches et, autour de son cou, un petit collier de perles.

Quand je l'ai embrassée devant sa porte et que j'ai fait mine de me retirer, elle m'a questionné sur un ton d'extrême surprise :

« Où vas-tu ? »

Tout mon dispositif historique s'est effondré. Sans réfléchir, je l'ai prise dans mes bras et je l'ai portée en direction du lit, aux draps repassés, que j'apercevais au fond de la pièce. J'ai défait sa robe rouge, en prenant grand soin de son collier, et je l'ai retrouvée avec délices, telle qu'en elle-même je l'avais découverte.

C'était bien une histoire d'amour.

⁂

Le mariage de la Régente et du Président a été célébré le 15 mai, en Camargue, dans la chapelle d'une résidence privée, proche des Saintes-Maries-de-la-mer. L'ambassadeur de Grande-Bretagne servait de témoin à la Régente, et le Président Lambertye avait eu la gentillesse de me pressentir pour cette fonction. Le prêtre qui disait l'office s'est contenté d'une courte homélie centrée, comme on s'en doute, sur le bonheur et prononcée avec le plus chantant des accents provençaux. Le ciel était d'un bleu épais et lisse, piqueté de bouffées de nuages blancs, posés pour mettre en valeur sa couleur. Les propriétaires du domaine avaient placé, à la sortie de la chapelle, les gardiens de leurs taureaux, portant des gilets noirs et des foulards rouges, et montés sur des chevaux gris pommelé, qui gambadaient sur leurs jambes nerveuses.

Si je me marie un jour, je souhaiterais que la cérémonie ressemble à celle-ci !

Quelques minutes après que la bénédiction fut donnée, la Princesse-Régente s'est dirigée vers sa voiture pour regagner l'aéroport de Marignane, d'où elle doit rentrer directement à Londres. Quant au Président, il a assisté à un déjeuner rapide avec ses amis, puis est reparti pour l'Élysée, où le Conseil des ministres doit siéger cet après-midi.

Et moi, j'ai la charge d'annoncer aux médias la nouvelle tant attendue du mariage. J'ai convoqué une conférence de presse à la préfecture des Bouches-du-Rhône, rue Paradis, au cœur de Marseille. En dehors de la date et du lieu, je n'aurai rien à ajouter. J'essaierai de broder de mon mieux.

Mais c'est fait ! Un couple réunit, dans son trousseau de mariage, l'Union Jack britannique et la cocarde tricolore de la République française !

Le couronnement du Roi James III a eu lieu, comme prévu, un mois plus tard, le 15 juin, dans un faste grandiose, rafraîchi par la jeunesse du souverain et de sa sœur. Le lendemain, un décret de la Couronne dissolvait le Conseil de Régence. La Princesse Patricia, épouse du Président de la République, écrivait la presse, a regagné le Palais de Kensington.

***

Dans le torrent de ces événements, je cherche à rétablir un peu d'ordre dans mes idées. Mon mariage avec Patricia a été, selon les sondages, largement approuvé par l'opinion. La situation étrange qu'il a créée dans les relations franco-britanniques a surpris, mais au total, paraît désormais acceptée. Le mérite revient au traité de Rambouillet qui bénéficie d'un large soutien des deux côtés de la Manche. L'approche de la double citoyenneté est créditée d'une image moderne, qui intéresse surtout les Britanniques désireux de s'installer sur le Continent, plus ensoleillé et moins densément peuplé que les Îles. Et la proposition d'une option libre, pour chaque contribuable, entre les régimes fiscaux existant en France et en Grande-Bretagne, est perçue comme une assurance bien venue contre les tentations, toujours latentes, d'alourdir les prélèvements.

Notre ambassadeur à Berlin me fait savoir que la Chancellerie envisage de prendre une initiative parallèle dans le cadre des rapports franco-allemands. Si nous pouvions parvenir à un accord, ceci représenterait une avancée décisive de l'intégration européenne !

Néanmoins l'accession de James au trône d'Angleterre crée une situation embarrassante pour Patricia, concernant sa relation avec la France. Elle ne m'en a pas parlé, mais ce n'était pas nécessaire, car un projet trottait dans ma tête.

Mon deuxième mandat est en train d'achever sa cinquième année, or je me suis prononcé à plusieurs reprises en faveur du quinquennat ! Son adoption, quelque temps après la fin de la Régence de Patricia, rendrait nos destins parallèles.

Je réfléchis à la meilleure manière de le proposer.

*

J'ai décidé finalement de m'adresser directement à l'opinion, et j'ai choisi pour le faire l'occasion que me fournit la réception du 14 Juillet, dans le jardin de l'Élysée.

Le défilé des troupes est terminé. Sous un ciel favorable, bleu léger, où le vent faisait claquer les drapeaux, les unités ont descendu les Champs-Élysées, en rangs compacts, et en respectant les alignements, avec comme fond de décor le « u » renversé de la voûte de l'Arc de Triomphe, cravaté de tricolore. Ce spectacle est typiquement français, et ne pourrait pas, je crois, exister ailleurs : le mélange joyeux d'une fête populaire et du prolongement de traditions militaires qui se sont illustrées par des épopées glorieuses et sanglantes. Lorsque la musique et les battements de tambour se sont éteints, j'ai rejoint l'Élysée.

La foule des invités avait déjà envahi le parc, où des buffets étaient installés sous les arbres. Un orchestre venu de Perpignan jouait des airs de danses catalanes. La rumeur des conversations formait une sorte de chape sonore au-dessus des pelouses.

J'ai gagné la terrasse située devant la façade, où j'avais demandé qu'on installe un micro et, dans l'espoir de me faire entendre, j'ai levé les deux bras, en criant, aussi fort que possible : « Mes chers amis… » Devant l'absence de résultat, j'ai renouvelé mon appel. Cette fois il a été entendu.

La musique catalane a cessé de jouer, et le silence a commencé à s'installer, par larges taches, dans le public encore frémissant.

« Mes chers amis, ai-je répété, je vous demande un instant d'attention. J'ai des souhaits à vous adresser, et aussi une nouvelle à vous annoncer. »

L'attention du public est devenue compacte. Les visages sont levés en direction de la terrasse, et j'aperçois devant moi une immense tapisserie faite de têtes qui me regardent.

« Les souhaits s'adressent à notre fête nationale. Je voudrais qu'elle soit pour chacun de vous une journée de fierté et de bonheur. De fierté d'être Français, et de bonheur, en recherchant ensemble les moyens de rendre notre vie plus prospère et plus solidaire, pour vous-même, pour vos enfants, et pour tous ceux qui souffrent de pauvreté ou d'exclusion. »

Je n'ai pas de texte écrit. J'improvise au fur et à mesure, et voici que j'aborde la partie la plus difficile de mon discours.

« La nouvelle que je veux vous annoncer, c'est que je suis décidé à mettre en œuvre l'engagement que j'ai pris d'instaurer le quinquennat, c'est-à-dire un mandat présidentiel de cinq ans. Je viens d'achever la cinquième année de mon second mandat. Il faut donc que je m'interrompe ! »

Je marque un temps de silence. Un frisson d'étonnement parcourt l'auditoire. J'observe les premiers rangs du public où se mêlent des parlementaires, des lycéennes de l'École de la Légion d'honneur, des militaires, des musiciens catalans qui se sont faufilés pour se rapprocher de la terrasse. Je lis partout la même stupeur, et je reprends :

« Je vais donc quitter la Présidence. Comme je veux éviter aux Français l'épreuve d'une campagne présidentielle pendant les vacances d'été, ma décision prendra effet le 1er septembre prochain, et vous pourrez élire mon successeur.

« J'ai choisi de vous annoncer moi-même cette nouvelle, sans intermédiaire ni mise en scène, parce qu'aujourd'hui, le 14 Juillet, vous êtes le peuple français, et que ceci vous concerne.

« Je ne vous demande pas de m'approuver, mais de me comprendre. Comme jadis sur l'Agora d'Athènes, chacun de nous cherche le bien pour son pays. C'est ce que je m'efforce de faire. Vive la France ! »

Je m'arrête, et je reprends mon souffle, d'autant que l'émotion m'a gagné, et que je sens une fébrilité monter dans mes jambes.

Le public, lui aussi, reprend son souffle. Pas d'applaudissements, sauf quelques-uns, clairsemés dans les derniers rangs. Puis une forme de symbole collectif se répand dans la foule. Les gens lèvent les bras, et les agitent au-dessus d'eux. Cela fait maintenant un océan de mains. Est-ce un salut, est-ce un adieu ? Par les sens qui cherchent en moi à interpréter ce message, il me semble que c'est une marque d'affection.

Je descends les marches pour aller saluer les invités.

Mon initiative déclenche une bousculade indescriptible. Je réussis à avancer de quelques mètres. Chacun cherche à me poser des questions, dans cette ambiance d'excitation où l'étonnement est venu fusionner avec l'enthousiasme. J'ai de la peine à les entendre tant elles viennent de toutes les directions, et le tumulte rend mes réponses inaudibles.

Je ne peux que serrer des mains.

*

Tirant parti du brouhaha qui s'est généralisé, j'ai réussi à effectuer une sortie discrète. L'intendant Fleuret, toujours prévoyant, m'attendait à l'entrée du petit escalier pour m'en ouvrir la porte. J'ai monté les marches afin de gagner la pièce de l'appartement privé dont la fenêtre donne sur la rue de l'Élysée, et qui est protégée de la clameur qui continue de monter dans le parc.

J'ai saisi l'appareil de téléphone posé sur la table de chevet, et j'ai composé le numéro de Patricia à Londres. Elle m'a tout de suite répondu.

« Qu'est-ce que c'est que tout ce tapage ? m'a-t-elle interrogé.

— C'est la fin de la réception organisée à l'occasion du 14 Juillet.

— Ce n'est pas une réception, c'est une émeute, me répond-elle, ce qui est d'ailleurs normal le 14 Juillet. Mais tu as dû leur faire boire toute la cave de l'Élysée !

— J'ai fait mieux. Je leur ai annoncé une nouvelle.

— Quelle nouvelle ? Je me demande quelle nouvelle a pu les mettre dans cet état ? commente Patricia.

— Je leur ai dit que mon mandat allait se terminer, et que je quitterai la Présidence de la République. »

Je n'entends pas de réaction dans l'appareil, seulement un long silence. Puis :

« Henri ! C'est Patricia, tu m'entends ?

— Oui.

— Tu vas quitter la Présidence ? Tu seras plus libre. Tu pourras m'aimer davantage !

— Mais je t'aime déjà passionnément, follement, tu le sais bien, lui dis-je.

— Peut-être, quoique je n'en suis pas si sûre ! Mais tu vas pouvoir m'aimer en toute liberté, sans ombre. Et c'est ce que j'attends de toi. Je suis très impatiente de te revoir. Je t'embrasse, Henri.

— Je t'embrasse aussi, Patricia. »

Un baiser rempli de saveurs sauvages, un baiser chargé d'odeurs qui font tourner les têtes, et qui se prolonge jusqu'à son ensevelissement dans la nuit des temps.

***

Le Président Lambertye a quitté effectivement ses fonctions le 1er septembre. Cette décision inattendue a mis, comme on l'imagine, le monde politique en ébullition. Les déclarations de candidature se sont multipliées. À en croire les sondages, le Premier ministre, bénéficiant de l'extraordinaire – dans tous les sens du mot ! – popularité du Président sortant, serait assuré de l'emporter…

Le 1er octobre, un communiqué que le Président m'a demandé de diffuser a annoncé que la Princesse Patricia et l'ancien Président de la République étaient arrivés en Toscane, et s'étaient installés dans la Villa Margherita, aux environs de Sienne, où ils avaient choisi de résider.

XX

LA VILLA MARGHERITA

La Villa Margherita s'aperçoit de loin. C'est un édifice de marbre et de pierres blanches, couronné d'un toit à balustrade et décoré sur le devant d'un fronton triangulaire. On ne peut voir que le haut du bâtiment, perché sur une colline et protégé par des alignements de cyprès.

« C'est la Villa Margherita ! m'indique en pointant le doigt le chauffeur du taxi que j'ai pris à l'aéroport de Florence.

— Vous connaissez cet endroit ?

— Bien sûr ! Tout le monde le connaît par ici. C'est là qu'habitent l'ancien Président français et la Princesse anglaise. Beaucoup de touristes veulent le visiter. Surtout des Britanniques. Les Français restent en majorité à Florence.

— Le public peut-il entrer dans le domaine ?

— Non, il n'est pas ouvert au public pour des raisons de sécurité. Mais les touristes peuvent découvrir la villa à partir de la grille, au bout de l'allée de cyprès. »

Nous arrivons précisément à cette grille. Elle est fermée. Devant, sur un rond-point, sont arrêtés deux taxis et une voiture particulière immatriculée en Grande-Bretagne.

De l'autre côté de la grille stationne, dissimulée entre deux arbres, une auto bleue et blanche de carabiniers.

Le chauffeur de mon taxi est descendu. Il déverse un flot de paroles dans le micro installé dans le pilier du portail, en appuyant son argumentation par l'agitation de ses avant-bras.

Il revient vers moi.

« Ils vous attendent et ils vont ouvrir », me dit-il, et il s'installe à nouveau à son volant.

Effectivement, les deux battants de la grille s'écartent d'un mouvement régulier. Les carabiniers jaillissent de leur voiture pour s'assurer de notre autorisation, et les touristes se précipitent pour profiter de l'occasion de prendre des photos sans obstacle.

Et nous entrons.

★

J'ai abaissé la vitre. Une allée de graviers fraîchement ratissés s'étend droit devant nous, puis s'incurve derrière un bosquet de pins.

Il y a longtemps, près de deux ans, que je n'ai pas revu le Président, ni la Princesse. Depuis que j'ai quitté ma fonction à l'Élysée, j'ai suivi de loin leur parcours. Le magazine où je travaillais m'avait envoyée à New

York pour couvrir leur voyage, lorsque la Princesse avait dû prononcer une allocution aux Nations Unies, au cours d'une session consacrée au problème du travail des enfants. L'accueil avait été extraordinaire. Quand ils sont sortis de leur hôtel pour descendre la Cinquième Avenue, on n'avait pas vu de foule aussi nombreuse, m'a-t-on assuré, depuis la première visite du Président Kennedy et de son épouse à New York. J'avais essayé de me faufiler au premier rang du public. Une jeune femme à côté de moi, rousse avec des taches de rousseur, sans doute irlandaise, levait les bras au-dessus de sa tête pour applaudir.

« Pourquoi les applaudissez-vous ? lui ai-je demandé.

— Parce qu'ils sont beaux et parce qu'ils s'aiment ! » m'a-t-elle répondu d'un ton exalté.

C'est vrai qu'ils étaient beaux dans leur voiture découverte : la Princesse dans un ensemble blanc, avec un chapeau minuscule – pour une fois ! – de fleurs blanches posé sur le côté de la tête, et l'ancien Président bronzé, souriant, portant une chemise bleu ciel et l'habituelle cravate noire à petits dessins blancs qu'il porte depuis le décès de son épouse Monique.

J'étais noyée dans la foule qui était trop compacte pour que je puisse avancer. Ils ne m'ont pas vue et je n'ai pas pu leur parler.

*

Le chemin tourne maintenant vers la gauche et monte une pente presque abrupte. J'aperçois, au-dessus de nous, les pierres blanches de la façade à demi cachées par les cyprès vert foncé. L'allée fait le tour complet de la villa et débouche à l'arrière sur la cour d'entrée. Cette cour est un tapis de sable, garni de chaque côté par des grands vases en terre cuite, placés devant des buissons de bougainvilliers.

Le chauffeur se range sur le côté de la cour, et je me dirige vers le perron. Mes hauts talons rendent ma démarche vacillante. Le ciel est bleu, ou plutôt l'air est bleu, comme recouvert d'une légère gaze cendrée. Au-delà du toit de la villa jaillissent les collines boisées du paysage siennois.

La porte s'ouvre, au-dessus de trois hautes marches de pierre.

Une silhouette s'encadre dans l'ombre. Ce n'est pas le Président, mais un maître d'hôtel. Il est petit et porte une veste à col boutonné avec des parements au revers des poignets, et des brandebourgs sur la poitrine. Il m'invite à monter.

Le Président apparaît derrière lui. Il écarte gentiment le maître d'hôtel et m'interpelle :

« Entrez, entrez, Anne ! me dit-il. Je suis très heureux de vous revoir ! »

Il me tend la main, et je l'observe.

Non ! il n'a pas changé, ou presque pas. Je cherche dans ses cheveux des fils argentés. Il a minci et le soleil de Toscane a doré son teint.

L'intérieur de la maison est élégant et lumineux,

avec de larges fenêtres qui laissent entrer le soleil sur les dalles de marbre. Les murs sont décorés de stuc de deux couleurs de gris.

Le Président me précède dans un couloir, haut de plafond, débouchant sur son bureau, ou plutôt sa bibliothèque, qui occupe l'angle de la villa. Je reconnais sur les rayonnages certains livres, que j'avais aperçus dans son appartement de l'Élysée.

Il m'invite à m'asseoir dans un des deux fauteuils de cuir placés devant la fenêtre. Il s'installe en face de moi.

« Vous avez l'air en très bonne forme ! me dit-il. Comment se passent vos nouvelles activités ? »

C'est vrai que j'ai fait un effort : je me suis habillée d'un polo blanc, à manches longues, et d'une jupe de toile bordeaux, qui porte des boucles dorées de chaque côté de ma taille.

« Tout se passe bien, Monsieur le Président, lui dis-je. Vous savez peut-être que je travaille maintenant dans une société de relations publiques ? Depuis que la situation économique s'est améliorée, nous avons beaucoup de demandes. On dirait que les entreprises veulent rattraper leur retard ! Mais je préférais mon activité à l'Élysée. C'était plus stimulant et aussi » – je marque un temps d'arrêt car je risque d'aller trop loin ! – « parce que cela me donnait l'occasion de travailler avec vous… »

Le Président me remercie par un sourire qui éclaire son visage bronzé et détendu :

« Merci, Anne. Je vous ai précisément invitée à venir

me voir pour vous demander de travailler à nouveau pour moi. Mais, d'abord, voulez-vous une tasse de café ? Il est excellent en Toscane. »

Sur mon geste de refus, il étire ses jambes devant lui et reprend :

« Depuis deux ans, je me suis consacré à la rédaction d'un livre et j'aimerais que vous vous occupiez de sa publication. Il s'agit d'une étude sur la vie et l'œuvre de Michel-Ange. Il en existe évidemment plusieurs dont l'une, tout à fait excellente, due à l'écrivain américain Irving Stone. Il a fait beaucoup de recherches et son ouvrage est très documenté. Je vous en recommande la lecture, mais il laisse de côté un point très important : c'est ce que Michel-Ange a voulu exprimer. Prenez l'exemple de Saint-Pierre de Rome. On y voit trois œuvres de lui : une œuvre de jeunesse qui est une sculpture, la très émouvante Pietà, où la Vierge, encore jeune, tient son fils mort, étendu sur ses genoux ; puis les fresques sublimes de la Chapelle Sixtine, peintes dans son âge mûr, avec l'obsession anatomique de la musculature masculine ; enfin l'embellissement architectural de la façade sur la place Saint-Pierre… »

Le Président Lambertye est emporté par son sujet. Je l'observe avec étonnement.

« Tout cela est parfaitement décrit, mais que voulait-il exprimer ? À qui cherchait-il à s'adresser ? Quelle idée se faisait-il de Dieu qui est omniprésent dans son œuvre, mais qui revêt une apparence quasi humaine ? C'est cela que j'ai recherché et je crois avoir partielle-

ment trouvé des réponses. Je suis allé faire deux longs séjours à Rome ainsi qu'au Vatican. Personne n'y a remarqué ma présence ! La police italienne assurait une surveillance discrète. »

Si ! me dis-je en mon for intérieur. Je me souviens d'un bref article et d'une photo que j'avais aimée dans Time Magazine*…*

« C'est vrai, presque personne ne l'a su. Avez-vous déjà choisi un titre pour votre livre ?

— Non, je ne l'ai pas encore trouvé. Je cherche autour de "L'Anatomiste de Dieu", mais ce n'est pas très bon.

— Pas vraiment ! lui dis-je.

— Vous m'aiderez à en trouver un meilleur, Anne. C'est un peu votre métier. »

Le Président se lève et s'avance vers une table d'ébénisterie italienne, en bois foncé et aux pieds torsadés qui doit lui servir de bureau. Il y prend un dossier de carton rouge, ceinturé de caoutchouc sur les angles, et revient vers moi :

« Voici mon manuscrit. Je vous le confie et appelez-moi quand vous l'aurez terminé. »

Je remarque qu'il a posé sur ce dossier une chemise de papier vert, qui paraît contenir des feuillets.

« Vous trouverez aussi les copies de quelques notes sur mes activités que j'ai rédigées pendant que vous travailliez pour moi. J'ai pensé qu'elles pourraient vous intéresser…

— Je vous remercie, Monsieur le Président. J'en prendrai connaissance avec beaucoup de

plaisir ! » lui dis-je. Et j'ajoute : « Puis-je aussi voir la Princesse ?

— Vous voulez dire Patricia ! Certainement, je vais vous conduire chez elle. »

Il s'avance pour me montrer le chemin, et s'arrête devant moi.

« Avant que vous ne partiez, Anne, me dit-il, me permettez-vous de vous embrasser ? Votre visite m'a rappelé beaucoup de bons moments que nous avons passés ensemble. »

Il se penche vers moi et pose ses mains sur mes épaules. Jamais, pendant toutes ces années, je n'ai été si près de lui. Je regarde son visage fraîchement rasé à quelques centimètres du mien, et je sens sa respiration. Il attend quelques instants sans bouger, comme s'il prenait goût à faire durer cette proximité.

« Avec bonheur ! Monsieur le Président », lui ai-je répondu.

Et lorsque ses lèvres sont passées de ma joue droite à ma joue gauche, j'aurais juré qu'elles se sont attardées un instant à effleurer les miennes.

Je ne serai jamais guérie de mon fantasme.

*

Le salon de Patricia est situé de l'autre côté de la maison, sur la façade sud. Comme l'heure commence à tourner, il est inondé de soleil. Patricia y a installé un décor anglo-florentin, très réussi, avec des rideaux taillés dans des tissus crème ornés de grandes fleurs. Les fauteuils et les canapés sont recouverts du même tissu, avec des fleurs plus petites, et le mobilier est complété par des tables basses, dont les plateaux, en pierres dures, portent des revues de décoration et de jardinage, ainsi que les catalogues des dernières ventes aux enchères. Il y a des fleurs partout.

Patricia est très élégante naturellement, dans une veste de lin bordée d'un liseré bleu marine, de la même couleur que sa jupe. Elle ne porte pas de bas. Ses jambes sont bronzées. Ses cheveux sont coupés un peu plus court et ses boucles claires frisent dans un joyeux et savant désordre. Ses yeux s'éclairent pour m'accueillir. Je m'étais demandé si je la retrouverais aussi belle. Je crois qu'elle est encore plus belle ! Elle reste la même : grande, svelte, ses épaules ouvertes et ses membres étirés et superbes. Mais quelque chose a changé, que je tente d'identifier. C'est comme si une forme de sérénité, une eau plus calme, étaient remontées à la surface et avaient adouci sa peau et ses traits.

Oui, me dis-je, elle est encore plus belle ! Elle, dont la beauté émerveillait tout le monde, voici qu'un rayonnement venu de l'intérieur la rend plus resplendissante encore. Il existe ainsi des femmes que le passage de la vie rend plus belles.

« Vous m'observez, Anne, remarque-t-elle. Vous cherchez à savoir si j'ai changé. J'ai sûrement changé, et vous aussi d'ailleurs, un petit peu. Pour nous, les femmes, notre ennemi héréditaire c'est le

temps ! Venez vous asseoir et racontez-moi ce que vous faites.

— Je suis très heureuse de vous revoir, Princesse.

— Patricia, s'il vous plaît !

— Oui, Patricia ! Je travaille dans une société de relations publiques à Paris, et j'ai une autorisation à vous demander. Me permettriez-vous d'écrire votre histoire, celle de vos relations avec le Président Lambertye ? »

Patricia éclate d'un rire amusé.

« C'est inutile, me dit-elle, tout le monde la connaît !

— Peut-être, mais c'est une belle histoire d'amour !

— Qu'en savez-vous ? me répond-elle sur un ton qui se raidit.

— Je le sais, parce que je vous ai vus vous disputer et vous réconcilier : c'est donc une histoire d'amour !

— C'est bien dit, et cette histoire continue ! reprend-elle. Mais je vous répète, qu'en savez-vous de plus, que voulez-vous raconter de nouveau à vos lecteurs ?

— Ce que j'en sais de plus, c'est ce que je vous ai entendus dire tous les deux, surtout le Président. Rappelez-vous les trajets que nous avons faits pour aller à Soucy-le-Lierre et aussi la bénédiction de Poigny-la-Forêt. Oui, j'ai beaucoup de choses à raconter. Mais il y a encore quelques questions que j'aimerais vous poser.

— Posez-les moi, me dit Patricia.

— Est-ce que vous avez aimé le Président au

premier regard, ou est-ce que votre amour a évolué dans le temps ? »

Avant de me répondre, Patricia incline sa tête en avant, comme elle a l'habitude de le faire, et ses yeux scrutent les réactions de mon visage, sous l'auvent de ses cheveux.

« Il y a eu plusieurs phases, me dit-elle, si vous voulez tout savoir. Au départ, je crois que je cherchais à m'amuser. J'étais très malheureuse. Mon mariage était en miettes. J'avais des amants insignifiants, maniérés et vaniteux et aspergés d'eau de toilette. J'essayais de les aimer, mais je me lassais vite d'eux, pour la plupart, en quelques mois à peine. La rencontre avec le Président Lambertye m'apportait quelque chose de différent : il était beau et intelligent. C'est lui qui a commencé les premières avances. Je le laissais faire et je m'amusais à l'idée d'avoir un amant latin, ce qui est le rêve inaccessible de beaucoup de mes compatriotes !

« Je ne pensais pas que cela durerait longtemps, car il y avait trop d'obstacles et aussi de dangers, mais j'étais décidée à faire l'expérience.

« Mais ensuite il y a eu l'attentat contre le Président. J'ai cru qu'il était mort, ou qu'il allait mourir, et j'ai découvert, ce que vous ne croirez sans doute pas, que depuis le début, sous le fatras des complications, des aventures, j'avais commencé à l'aimer, comme la petite flammèche rouge que l'on voit danser sous les bûches, dans les cheminées.

« Bien sûr, il est vrai aussi que j'ai eu un moment

d'angoisse. J'ai réalisé que ma vie allait recommencer comme avant. Mon mari serait parti, ce qui n'était pas le pire, mes enfants seraient en pension, et moi je serais condamnée à choisir entre le vide que je ne supporte pas, ou le retour de cette ribambelle d'amants freluquets, même si certains pouvaient avoir une personnalité intéressante. Je ne serais aimée de personne. Évidemment je continuerais à me passionner pour les causes qui me tiennent à cœur, mais j'ai commencé à paniquer devant le désert qui m'attendait.

« J'ai eu tout simplement peur de le perdre. Et puis je suis redevenue une femme avec la jalousie, quand j'ai été agacée des soins de cette femme-médecin, à laquelle il paraissait s'intéresser. C'est pourquoi j'ai décidé de m'installer à Paris. Vous me croyez, Anne ? »

Patricia m'observe avec une interrogation dans le regard. Notre dialogue est moins une discussion que, pour elle, l'évaluation exacte des faits et des sentiments. Dans le tourbillon qui a emporté sa vie, depuis sa jeune gloire, sa « célébrité », les rencontres multiples, et même ses enfants, qu'est-ce qui a réellement compté pour elle ? Qu'est-ce qui a pu répondre à son intense besoin d'exister ?

« Je n'ai pas compris, ai-je repris, pourquoi pendant votre Régence vous avez tenu à prendre vos distances. Je ne parle pas de votre fonction, mais de vos relations personnelles. J'ai été témoin de la souffrance infligée au Président par votre silence. »

Patricia est maintenant plus détendue. Elle change

de place et s'installe sur le canapé, pour ne pas être aveuglée par le soleil. Ce nouveau thème paraît la distraire.

« Durant la période où j'ai exercé la Régence, cela a été plus compliqué, et j'ai joué avec cette situation. D'abord ma position m'a paru intéressante. Puis j'ai très vite réalisé qu'il y avait très peu de pouvoir. C'est curieux : il y a bien eu une lutte pour le pouvoir, entre moi et le frère du Prince de Galles, mais à l'arrivée il n'y avait pas de pouvoir, seulement un droit de représentation ! Ce qui m'énervait aussi, c'est ce que je croyais sentir chez Henri – enfin chez le Président – à propos de ma fonction. Il ne l'exprimait pas, mais je pouvais le deviner ! Chaque fois qu'une femme occupe une position élevée, les hommes considèrent que c'est une bizarrerie, une anomalie qui sera corrigée. J'ai voulu faire sentir au Président que ce n'était pas le cas, que j'occupais réellement ma place, et je me suis amusée à rivaliser avec lui. Mais c'était lui qui était sûr de gagner, car il avait des décisions à prendre.

« Je me suis rendu compte qu'il s'éloignait de moi, à cause de mon jeu peut-être, ou de cette ensorcelante infirmière, et j'ai eu l'idée de cette visite officielle en France, qui a tout arrangé. Je tenais à ce qu'elle ait lieu avant le couronnement de James, pour montrer que la Grande-Bretagne et la France étaient un seul Royaume-République, avec un couple à sa tête. Car, au fond, nous avons eu jadis des siècles d'histoire commune. »

J'essaie de graver dans ma mémoire chacun des mots de Patricia, car je ne veux pas paraître prendre des notes.

« Je vous remercie d'avoir accepté de me parler, lui dis-je. Cela sera très utile pour orienter mon récit.

— C'était tout naturel ! Mais pendant que je parlais, vous m'avez beaucoup regardée. Qu'est-ce que vous cherchiez à découvrir ? »

C'est vrai, je l'avais beaucoup regardée. J'étais assise en face d'elle, et j'étais émerveillée par chacun de ses mouvements, son élégance et sa simplicité totale. Je scrutais sur son visage les traces du temps. Je n'en voyais aucune. Mais il y avait cette insouciance, cette sérénité nouvelle, bien différente de l'irritabilité de Soucy-le-Lierre ? Je me suis dit que si pour beaucoup de personnes la vie changeait les êtres, dans le cas de Patricia, c'est l'être qui changeait la vie.

Patricia s'est levée pour me signifier que l'entretien était fini. Elle se tient debout, légèrement déhanchée, dans son ensemble bleu et blanc.

« Henri aimerait que vous déjeuniez avec nous. Il est très occupé parce que nous partons tout à l'heure pour le Brésil. C'est pour cela que vous avez vu des valises dans l'antichambre. Henri doit être reçu à l'Académie brésilienne, et il prépare son discours. Pour moi la ville de Rio de Janeiro a décidé de donner mon nom à une école pour enfants handicapés qu'elle a construite dans une favela, et je vais l'inaugurer. C'est plus facile !

« Si cela vous convient, nous prendrons le repas dans le jardin, parce que nous aimons nous plonger dans la verdure. La cuisine devrait vous plaire. Elle est évidemment italienne et faite par une femme, car en Italie les femmes sont souvent de meilleurs chefs que les hommes !

— Je resterai avec plaisir, lui dis-je.

— Venez avec moi, Anne, me dit-elle. On va s'occuper de votre chauffeur de taxi. »

Au moment de sortir de la villa, dans l'étincellement de la lumière toscane, pour emprunter le chemin de sable pâle qui descend en pente douce vers la tonnelle couverte de feuillages et de grappes de raisins encore verts, sous laquelle le Président s'est levé pour nous attendre, Patricia me tire en arrière par le bras.

« Vous m'avez demandé l'autorisation d'écrire votre récit, me dit-elle. Je vous la donne ! Mais faites-moi une promesse : ne parlez pas trop de Soucy-le-Lierre. C'est un moment où je ne me suis pas aimée !

— Je vous le promets », lui ai-je répondu.

Promesse tenue,

ou presque.

*

J'ai quitté la villa peu de temps avant eux. Le personnel s'affairait déjà à charger leurs valises dans une auto qui allait suivre la leur jusqu'à l'aérodrome.

J'avais le cœur si serré que j'ai eu l'idée bizarre de m'arrêter à la grille pour les voir passer, comme si cela pouvait me soulager.

Le chauffeur a garé son taxi derrière les autres voitures et les cars, qui s'étaient multipliés. Je suis descendue et me suis installée au dernier rang du petit groupe de touristes, surtout italiens, que les policiers avaient invités à s'aligner le long du chemin.

Nous n'avons pas eu longtemps à attendre. La voiture de Patricia et du Président, suivie d'une autre, est apparue au bout de l'allée. Elle a ralenti pour franchir la grille. Patricia était assise à gauche, comme en Grande-Bretagne, sur le côté où je me trouvais. Elle a baissé la vitre, pour faire un signe de la main aux touristes penchés en avant pour la saluer. La voiture était trop basse pour nous permettre d'apercevoir le visage du Président.

Tout ce que j'ai pu voir à l'intérieur, c'était la main du Président, la belle main brune aux longs doigts, posée sur le genou de Patricia, qu'elle caressait lentement.

Puis l'éclair bleu marine du regard de la Princesse est passé sur moi, juste au moment où la voiture s'engageait sur la route, et commençait à s'éloigner.

J'ai ressenti dans mon cœur une étrange morsure qui ne peut ni se dire, ni s'écrire : un mélange oppressant où se mêlaient le souhait que leur bonheur se poursuive longtemps, mais aussi l'angoisse que j'éprouve chaque fois que je sens un moment de ma vie sur le point de se terminer.

Et le paysage toscan s'est recouvert d'un rideau de brume formé des larmes qui ont giclé de mes yeux.

Éden-Roc
27 août 199.

TABLE

DU MÊME AUTEUR

Démocratie française, Fayard (1976).
L'État de la France, Fayard (1981).
Deux Français sur trois, Flammarion (1984).
Le Pouvoir et la vie, tome I. *La rencontre*, Cie 12 (1988).
Le Pouvoir et la vie, tome II. *L'affrontement*, Cie 12 (1991).
Dans cinq ans, l'an 2000, Cie 12 (1995).
Les Français. Réflexions sur le destin d'un peuple,
Plon-Cie 12 (2000).
Le Pouvoir et la vie, tome III. *Choisir*, Cie 12 (2006).

Le Passage (roman), Robert Laffont (1994).

Cet ouvrage
a été achevé d'imprimer
sur Roto-Page
par l'Imprimerie Floch
à Mayenne en septembre 2009.

N° d'édition : 637 – N° d'impression : 74684
Dépôt légal : octobre 2009

Imprimé en France